Illustrated Classics

经 典 看 得 见

THE CALL OF THE WILD

野性的呼唤
插图典藏版

JACK LONDON | VICTOR AMBRUS

〔美〕杰克·伦敦 著
〔英〕维克托·安布鲁斯 绘

石雅芳 译

湖南文艺出版社

图书在版编目（CIP）数据

野性的呼唤：插图典藏版/(美)杰克·伦敦著；(英)维克托·安布鲁斯绘；石雅芳译. -- 长沙：湖南文艺出版社，2022.5（2025.5重印）
书名原文: THE CALL OF THE WILD
ISBN 978-7-5726-0266-5

Ⅰ.①野… Ⅱ.①杰…②维…③石… Ⅲ.①中篇小说—美国—近代 Ⅳ.①I712.44

中国版本图书馆CIP数据核字(2022)第036022号

野性的呼唤：插图典藏版
YEXING DE HUHUAN : CHATU DIANCANG BAN

著　者：	〔美〕杰克·伦敦
绘　者：	〔英〕维克托·安布鲁斯
译　者：	石雅芳
出 版 人：	陈新文
责任编辑：	夏必玄
封面设计：	Mitaliaume
内文排版：	钟灿霞　钟小科
出版发行：	湖南文艺出版社
	（长沙市雨花区东二环一段508号 邮编：410014）
印　　刷：	湖南省众鑫印务有限公司
开　　本：	880 mm×1230 mm　1/32
印　　张：	4.75
字　　数：	95千字
版　　次：	2022年5月第1版
印　　次：	2025年5月第7次印刷
书　　号：	ISBN 978-7-5726-0266-5
定　　价：	58.00元

杰克·伦敦
Jack London

原名约翰·格里菲思·伦敦（John Griffith London），美国现实主义作家、记者、探险家，出生于1876年，逝世于1916年。一生著作颇丰，代表作品包括《野性的呼唤》《白牙》《热爱生命》《马丁·伊登》等，被誉为"美国无产阶级文学之父"。

维克托·安布鲁斯
Victor Ambrus

英籍匈牙利裔插画家，1935年出生于匈牙利，2021年逝世于英国。先后当选英国皇家画家及版画家学会、英国皇家艺术学会等的会员，并两度担任英国色粉画学会副主席。擅于历史、传说及动物等主题，长期从事绘本创作、图书及影视插图绘制等，曾两度获得英国权威绘本大奖——凯特·格林纳威奖等。

石雅芳

Shi Yafang

　　1958年生于江苏昆山，1986年毕业于杭州大学外语系获硕士学位。浸淫英语语言与英美文学教学与研究多年，在国内学术杂志上发表论文十多篇，出版编著与译著十多部，如杰克·伦敦的《野性的呼唤》、西奥多·德莱塞的《斯多葛》、诺曼·梅勒的《一场美国梦》、朱利安·巴恩斯的《福楼拜的鹦鹉》、埃丽卡·容的《怕飞》、安娜·昆德伦的《伤痕累累》等等。

译　序

关于作者

杰克·伦敦（Jack London， 1876—1916）的生活道路，是一个典型的个人奋斗的历程。他出生在美国旧金山，由于家庭极端贫困，他从小就参加体力劳动，干过各种杂活，帮助家庭维持生计。少年时，他上街卖过报纸，进罐头厂当过童工。后来，他在旧金山港口当过水手，做过"偷蚝贼"，也参加过失业工人向华盛顿进军的示威游行队伍。1896年，人们在美国阿拉斯加发现了金子。于是，1897年至1898年，他加入了浩浩荡荡的淘金者的行列。但他得到的不是金子，而是"败血症"。他的这些生活经历不仅使他有机会了解社会最底层的人们的生活，而且也让他目睹了他所处的那个时代的许多阴暗面。因此，青少年时代的生活经历成了他后来文学创作的源泉。

其实，伦敦一直是一个非常热爱书本、热爱写作的人。在少年时代，从事着风险很大的"偷蚝贼"行当的时候，他就开始了如饥似渴的阅读。在高中时期以及短暂的大学时代,他都积极地向校报、校刊投稿。特别是在淘金归来后,他更表现出了对书本和阅读的渴望,似乎想从书本中寻找他在生活中无法找到的答案。通过广泛的阅读,他接触到了达尔文、赫希利、斯宾塞、尼采以及马克思的作品及思想,这些伟大的思想家后来大多成了他的精神导师。用他的传记作家辛克兰的话说,这些思想家的作品奠定了伦敦的思想基石。不过,因为他广收博览,接受了不同的思想体系,因此他的思想呈现出了复杂性与多面性。之后,这些都在他的作品中得到了体现。如他曾经一度热衷于马克思的思想和社会主义思想,这一过程,从他的自传体小说《马丁·伊登》中的主人公马丁身上可见一斑。

在阅读的同时,他便开始了埋头写作,并开始从文学大家那里汲取养分,再凭借他的刻苦与才智,他很快就在写作生涯里获得了巨大的成功,并实现了通过自己努力摆脱贫困的梦想。然而,在他生命的最后几年里,由于思想观念及家庭两方面的因素,他的人生信念发生了动摇,他酗酒借债,疾病缠身,最后因过量服用麻醉剂而身亡。

可见,伦敦的创作生涯较为短暂(1899年至1916年),但在这短暂的时间里他所创作的作品就如同他的人生一样,丰富多彩。他出版了50多部作品,其中以长篇、中篇、短篇小说占大多数,另外还有一些剧本与社会评论。

伦敦是我国文学界较早向国内读者介绍的外国作家之一。他的代表作《野性的呼唤》及《马丁·伊登》早已为我国读者所熟悉与青睐。伦敦是个现实主义作家，因此，从他的作品中，我们可以看到他所处时代的美国社会及美国人的精神风貌，也可以看到作者对世界和人生的理解、感受与态度。

关于《野性的呼唤》

《野性的呼唤》是杰克·伦敦的成名作，于1903年出版。小说的主人公是一条狗，名叫巴克。整个故事以阿拉斯加淘金热为背景，讲述了在北方险恶的环境下，巴克为了生存，如何从一条驯化的南方狗退回到似狗非狗、似狼非狼的野蛮状态的过程。巴克是一条硕大无比的杂交狗，它被人从南方主人家偷偷卖掉，几经周折后开始踏上人们淘金的道路，成为一条拉雪橇的苦役犬。在残酷的驯服过程中，它意识到了公正与自然的法则，恶劣的生存环境教会了它狡猾与欺诈的意义，后来它将狡猾与欺诈利用到了让人望尘莫及的地步。经过残酷的甚至是你死我活的斗争，它最终确立了自己领头犬的地位。在艰辛的拉雪橇途中，主人几经调换，读者可以从中领略不同的人的面貌。巴克与最后一位主人结下了难分难舍的深情厚谊，这位主人曾将它从极端繁重的苦役中解救出来，而它又多次营救了主人。最后，在它热爱的主人惨遭不幸后，它便走向了荒野，回应了它这一路上多次聆听到的、也多次向往的那种远古的野性呼唤。

虽然巴克只是一条狗，但是它艰苦卓绝的经历，反映了作家所生活的时代中个人奋斗的真谛。这也是当时处于尔虞我诈的资本主义发展时期的美国社会所盛行的自然主义思潮的一种反映。它反映了达尔文的自然环境下的适者生存的自然选择观点以及斯宾塞的社会进化论中的社会选择观。在这条道路上，面对如此险恶的自然与社会环境，只有精英与超人，如小说中巴克那样的物种，才有生存的可能。小说的第二章中写道："（巴克）第一次偷盗行为，标志着巴克适应了北国险恶的生存环境。这说明它适应性极强，且具有顺应条件变化的能力。缺乏这样的能力，就意味着迅速而悲惨的死亡。但这也标志着它道德本性的衰退或分崩离析，这种道德本性在无情的生存竞争中成了一种无用之物，甚至是障碍。"

这里必须指出的是，由于作者受达尔文及斯宾塞思想观念的影响，以及美国社会与个人生活的映照，才产生了这种较为悲观的宿命论思想。他认为人完全听命于这种残酷的自然与社会选择，在自然法则面前，人是渺小的、无奈的。而且在生存竞争中，什么道德观念，都成了"一种无用之物，甚至是障碍"。这一方面说明了当时生存环境的险恶，另一方面也揭示了资本主义社会的不道德的一面。在这样的社会里，在自然法则的作用下，原始的欲望、道德的沦丧、文明的失落，都表现得淋漓尽致。因此，如果生存是人类活动的最高目标，那么，动物求生存的过程就是暴力相向、相互残杀的过程。只有通过弱肉强食的斗争，才能保证具有竞争优势条件的"精英"或"超人"的继续生存。

因此，可以说，《野性的呼唤》较为充分地表现了伦敦的自然主义思想。

从艺术角度看，《野性的呼唤》是一部非常精美的小说。首先，它在结构上是精美的。作品将巴克从驯化向野性转化的这一过程编写得天衣无缝，环环相扣，以至于能够合情合理地、顺理成章地烘托出了小说的主题思想。其次，小说语言的表达力非常强。不论是对狗的描写，还是对人的刻画，都能将狗及人的面貌及精神状态鲜活地呈现在读者眼前。

我想，每一位读过这部小说的读者都会觉得，它在内容与形式上达到了较为完美、和谐的统一。我想，也正因为这一点，这本小说的魅力才如此经久不衰。

第一章　进入荒野

古老的渴望在心中骚动，
习惯的束缚令内心烦乱；
又一次从冬日的沉睡中，
唤醒了潜伏的原始野性。

巴克不读报，因此它不知道一场灾难即将降临。而这场灾难不仅会降临到它自己的头上，还会降临到从皮吉特湾[1]到圣迭戈[2]这些沿海地区的每一只拥有结实肌肉与厚实皮毛的狗儿们的身上。因为人们在北极的昏天黑地里探索时，发现了一种黄色的金属，又因为轮船及运输公司对这一重大发现大肆宣传，于是成千上万的人涌到了北部地区。这些人都需要狗，而且他们所需要的狗必须是身强力壮的。这些狗不仅要长着强筋铁骨，能干苦力，而且还需长着厚厚的皮毛，能抵御冰雪风霜。

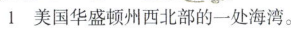

1　美国华盛顿州西北部的一处海湾。
2　美国加利福尼亚州太平洋沿岸城市。

  圣克拉拉谷[1]地区阳光充沛,巴克就住在那儿的一幢大房子里。人们称这幢大房子为米勒大法官的府邸。房子远离大路,半隐于树林之中。透过树木,能隐隐约约看见那条环绕着房子的宽阔阴凉的走廊。几条石子铺成的弯曲车道穿过宽阔平展的草坪,沿着车道走在枝叶交织成荫的高大的白杨树树下,便到了大法官的府邸门前。这府邸的后面比前面要空旷得多。那里有宽敞的马厩,有十多个马夫和男仆住在里面。还有几排供用人住的爬满藤蔓的小屋。在一排望不到尽头的整齐外屋附近,有着长长的葡萄架、绿茵茵的草

[1] 美国加利福尼亚州的一个城市,位于旧金山湾区南部。

地、果园和浆果地。还有给自留井配备的抽水机及那个水泥造的大蓄水池。米勒法官的男孩子们上午跳入蓄水池里游泳，在炎热的下午则会到蓄水池里去纳凉。

巴克统治着这一大片领地。它在这里出生，并度过了一生中的四年光阴。的确，这里还有其他一些狗。在这么大的地方不可能没有别的狗，但它们都不值一提。它们来了又去。它们不是住在拥挤不堪的狗窝里，就是悄无声息地生活在屋子的角落，像日本哈巴狗嘟嘟那样，或者像墨西哥无毛犬伊莎贝尔那样。这些稀奇古怪的家伙难得将脸伸到屋外，也难得下地走动。此外，这里还有一群猎狐梗，至少不下二十只。在一群手持扫帚和拖把的用人的保护下，嘟嘟与伊莎贝尔从窗子里向外望着那群猎狐梗，而猎狐梗们则朝着它们一阵咆哮，恐吓着它们。

然而，巴克既不是看家狗，也不是整天待在窝边的狗。这整个地方都是它的天下。它和法官的儿子们一起跳进蓄水池里游泳，一块儿去打猎；它陪伴着法官的女儿莫莉和艾丽斯在黄昏或清晨时分进行长距离的散步；在寒冬腊月的晚上，当法官坐在书房里熊熊的炉火前时，它则躺在法官的脚边；它有时驮着法官的孙儿们，有时与他们在草地上打滚，当他们到马厩院子的水龙头那里进行疯狂冒险时，它一步不离地看护着他们，它甚至护卫着他们到更远的小牧场或浆果地里去玩耍。它趾高气扬地从那群猎狐梗中间走过，至于嘟嘟与伊莎贝尔，它则完全不把它们放在眼里，因为它就是国王，是米勒法官家的一切飞禽走兽的王，其中也包括人类。

它的父亲埃尔莫是一头巨大的圣伯纳犬[1]，曾是大法官形影不

---

1 又名阿尔卑斯山獒，原产瑞士，体重可达80千克，身高可达1米，是当今体型最大的犬品种之一。

离的伙伴，巴克可望子承父业。它虽身材没有父亲那么高大——它的体重仅仅只有一百四十磅——因为它母亲谢普是苏格兰牧羊犬[1]。但是就是这一百四十磅的体重，再加上优越的生活及众人的尊敬，使它拥有一副皇家贵族的气质。自幼年以来的四年时间里，它一直过着一种养尊处优的贵族生活；它很为自己感到骄傲，甚至有点自负，跟那些因孤陋寡闻而自鸣得意的乡绅一样。但是，它没有让自己堕落成那种成天吃吃喝喝的家犬。整天的打猎等各种户外活动，使它没有长得肥头肥脑，一身肌肉反而变得更加结实；如那些喜爱冷水浴的动物一样，对水中活动的酷爱成了它的滋补药和保健品。

1897年的秋天，当克朗代克[2]的发现将全世界的人都吸引到冰天雪地的北方的时候，巴克的生活始终如此。但是，巴克不看报，它不知道园丁的一个帮工曼纽尔是个不值得信任的家伙。曼纽尔有一个改不掉的坏毛病。他爱玩中国赌博。而且，他赌博时还有一个改不了的弱点——一条道走到黑，这注定了他倒霉的命运。要施展他那套赌博方法，就需要钱，可是身为一个园丁的帮工，他的工资甚至都满足不了他妻子和一大帮孩子的生活开支。

巴克忘不了曼纽尔背信弃义的那个晚上，那晚大法官正在参加葡萄种植者协会的会议，男孩子忙着组织体育俱乐部。没人看见曼

---

[1] 一种起源于苏格兰的牧羊犬，体重可达30千克，身高可达60厘米。
[2] 加拿大西北部育空地区的一个城市，坐落在克朗代克河畔，因1896年到1897年的"克朗代克淘金热"而闻名。

纽尔带着巴克穿过果园出去，巴克自己也猜想，他们只是去溜达一会儿。除了一个男人之外，没有任何其他人看见他们来到了飘着信号旗的名为学院公园的小车站。这个男人与曼纽尔谈了会儿话，两人之间发出了叮叮当当的钱的响声。

"你交货之前，也许应该把它拴起来。"陌生的男人粗声粗气地说，曼纽尔便将一根粗绳子套在巴克项圈下的脖子上，系了两圈。

"只要拧紧绳子，你就可以将它勒得半死。"曼纽尔说，于是陌生男人咕哝一声，表示赞同。

巴克不失尊严地静静地让绳子套在脖子上。说实在的，这件事有点反常，但是它已经学会信任它所认识的人，相信他们的智慧是它所不能及的。但是，当绳子的一头被交到了陌生人的手里时，它凶狠地嚎叫起来。它仅仅是在表明自己的不满，它的自尊使它相信，表明不满便是在发布命令。但是，令它吃惊的是，它脖子上的绳子被收紧了，紧得它呼吸困难。它顿时火冒三丈，朝那个男人扑上去，可是它刚跳到半空，那人就抓住了它的喉咙，并熟练地一拧绳子，将它摔得个四脚朝天。接着，绳子残酷地收紧了，巴克狂怒地挣扎着，它的舌头从嘴里伸了出来，它宽厚的胸脯徒劳地上下起伏。它一生中从未受到过如此下作的虐待，也从没有如此气愤过。但是，它的力气渐渐小了，它的眼睛模糊起来，之后，随着信号旗的提示，火车停下了，那两个男人将它扔进了行李车厢，而这时的它却已经失去了知觉。

当它再次苏醒过来时，它朦朦胧胧地觉得舌头痛，它正被什么车子摇摇晃晃载走了。在穿越岔道口时，火车头所发出的嘶哑汽笛声使它明白自己在什么地方。它常常与法官外出旅行，不会不知道乘坐在行李车厢里的感觉。当它睁开眼睛时，那双眼睛里闪耀着一个遭绑架国王的熊熊怒火。那个男人跳起来去勒它的咽喉，但是巴克反应得却比他更迅速。它一下咬住了那人的手，死死地咬住，毫不松口，直到它再一次被勒紧脖子失去知觉为止。

"哦，有疯狗病。"那人说道，将他被咬伤的手藏起来，没让闻声而来的行李车乘务员看到，"老板让我把它送到旧金山去。那里有个名犬医说他能治好。"

关于那晚乘车发生的事，那人在旧金山海滨一个酒吧的后仓房里大谈特谈了一番。

"而我所得到的仅仅是五十美元，"他满腹牢骚地说，"这样的事，就是给我一千美元现金，我也不干了。"

他用血迹斑斑的手帕把手包了起来，他的右裤腿从膝盖处被撕到了踝关节处。

"另外那家伙拿了多少？"酒店老板盘问道。

"一百，"他回答说，"一个子儿也不肯少，我没办法。"

"那加起来就是一百五十美元，"酒吧老板计算着，"看看它是不是值这个价，否则我就成傻瓜了。"

绑匪解开血迹斑斑的手帕，看着他那只皮开肉绽的手："我会不会得狂犬病……"

"会呀，因为你天生就该死，"酒吧老板边笑边说，"喏，走之前你先帮我一把。"他又加了一句。

巴克这时头昏眼花，喉咙与舌头疼痛难忍，半死不活，但还试图反抗折磨它的那些人。可是它几次被摔到地上，被不断勒住脖子，直到后来，他们才把重重的铜项圈从它的脖子上锉了下来。接着，绳子被解下来了，它被扔进了一只笼子般的板条箱里。

在那个疲惫不堪的晚上余下的时间里，它一直躺在板条箱里，心中充满着愤怒，自尊受到了伤害。它不明白眼前发生的一切意味着什么。这些陌生人想把它怎么样？他们为什么要把它关在这只狭小的板条箱中？它不知道为什么，但是，它隐约觉得大祸即将降临，于是心情沉重。夜里，小仓房的房门几次嘎吱一声被打开，它都跳起身，希望能看到法官或至少看到那些男孩子。但是，每次看到的都是酒吧老板的那张肥脸，在借着蜡烛的惨淡光亮窥视着它。因此，每次在巴克喉头颤动的欢叫都转变成了疯狂的咆哮。

但酒吧老板没管它。第二天早上，又进来了四个人，他们抬起了板条箱。巴克推测，折磨它的人增多了，因为他们都是些相貌丑陋的生物，只见他们衣衫褴褛，蓬头垢面；于是，它隔着板条，朝他们怒气冲冲地嚎叫。而他们只是哈哈大笑，用棍子戳它。一见棍子，它立即用牙齿去咬，后来才意识到，它这么做正合他们的意。于是，它便愤愤地躺下，任他们将板条箱抬进了一辆运输车里。接着，它随着囚禁它的板条箱开始了被人几经转手的历程。快递办公室的伙计们照管过它；另一辆运输车将它运走；一辆卡车载了它及各色各样的箱子和包裹上了一艘渡轮；卡车驶离渡轮后，驶进了一个大铁路车站，最终，它被装进了一节包裹快运车厢里。

这节快运车厢在汽笛声声的火车屁股后面被整整拖了两天两夜，而巴克也就持续两天两夜没吃没喝。它气愤万分，当快运车厢里的速递员走近它时，它都报之以嚎叫，他们以取笑捉弄它来对它进行报复。它气得发抖，口喷唾沫，扑向板条，而他们嘲笑它，奚落它。只见他们也嗷嗷乱叫,像恶狗般狂吠,像猫喵呜地叫,扑腾着双臂,还像公鸡般地啼鸣。它知道,这一切全都非常愚蠢;但是,也就更加有损它的尊严,于是它的怒火便越烧越旺。它并不太在意饥饿,但是缺水使它遭受了极大的痛苦,使它的愤怒到了不可遏制的程度。这时的它不仅十分紧张,极度敏感,而且这样的虐待让它火冒三丈,疼痛的咽喉和肿胀的舌头更是火上加油。

不过,有一件事让它感到高兴:系在它脖子上的绳子解掉了。用绳子套住它的脖子,极不公平地使人占了优势;但既然绳子不在了,它会给他们点颜色看看。他们永远也别想再用绳子拴住它的脖子。对此,它已下定了决心。两天两夜来,它没吃没喝。在这受尽折磨的两天两夜里,它心中积攒了满腔的怒火,谁率先撞上它,谁就会倒霉。它的双眼布满血丝,它全然是一个愤怒的魔王。它发生了极大的变化,就是法官本人都会认不出它来。快运车厢里的速递员在西雅图[1]将它匆忙送下火车的时候,都松了一口气。

四个男人把板条箱从运输车上小心谨慎地运进了一个围墙高筑的小小后院里。一个壮汉走了出来,他身穿一件红毛衣,领部松松垮垮地往下垂着。他在司机的单子上签了名。巴克猜想,这就是下一个折磨它的人,于是它疯狂地朝板条扑去。那个人冷冷地一笑,拿来了短柄斧和棍棒。

"你不是现在要把它弄出来吧?"司机问。

1　美国华盛顿州西北部城市。

"就现在。"那个人回答道，同时将斧头砍进板条箱要撬开箱子。

四个抬箱子的男人立即散开去，爬到围墙上面，准备在安全处看一场好戏。

巴克冲向砍碎的木块，又咬又撞，和木头撕打了起来。斧头在外面砍到哪，它就在里面咆哮着冲向哪，它怒不可遏、急不可耐地想冲出箱子，而穿红毛衣的男人正泰然镇静、专心致志地砍箱子，要放它出来。

"啊呀，你这个红眼魔鬼。"当他砍开足以让巴克的身体通过的口子时，他这么说道。同时，他扔下了短柄斧，把棍棒换到了他的右手中。

这时的巴克真正是个红眼魔鬼，它挺直身子，准备跳跃，只见它毛发竖立、口喷白沫，布满血丝的双眼闪闪发亮。它将那一百四十磅重的身体扑向那个男人，满怀着它两天两夜郁积起来的愤怒。它跳到半空，嘴巴正准备咬住那个男人，这时，它却遭到一记猛然的棒击，它收住身子，牙齿咔嗒一声，痛苦得合拢了起来。它身体一蜷，背部与身侧倒在了地上。它这一生中从没有挨过棍棒的打，所以弄不明白这是怎么回事。只听它一声嚎叫。这叫声说是像狗叫，不如说是一声凄厉的尖叫。接着它站起身，跳了起来。于是，它又一次遭到了叫它浑身战栗的棒打，并再次被打瘫在地。这回它明白了，是那根棍棒打的。但它这时气疯了，不知道该要小心。它一次次地扑上去，但是每一次都被那根棍棒阻挡住，并被打

倒在地。

　　有一下打得特别狠毒,打得它都站不起来,头昏目眩地趴在了地上,无力再向前冲去。它的脚软弱无力,步履蹒跚,它的鼻子、嘴、耳朵都在流血,它那身漂亮的皮毛上沾满了斑斑点点的血沫。这时,只见那个男人向前迈了一步,往它的鼻子上狠命打了下去。

这一击钻心刺骨,超过它所忍受过的任何痛苦。它大吼一声,声势几如凶猛的狮子,然后它再一次朝那个人扑去。然而,那人把棍棒从右手换到了左手,镇静地击打在它下巴根部,同时将它的身子向后朝天劈打过去。巴克的身子在空中画了一个圆圈,第二圈画到一半时便栽倒在地上,头和胸先着了地。

那是它最后一次冲刺。那个人这一下打得很漂亮,那是他故意保留的一手,巴克弓起身子,瘫倒在地,它已经被打得完全失去了知觉。

"要我说,他可真是驯狗的好把式。"站在围墙边的一个男人兴高采烈地大声吆喝道。

"倒不如每天驯驯小马,星期日还可以驯上两次。"司机应道,同时登上运输车,赶着马儿走了。

巴克虽然恢复了知觉,却没有一点儿力气。它躺在刚刚倒下的地方,注视着穿红毛衣的男人。

那人自言自语道:"'它名叫巴克'。"他在读酒吧老板运送板条箱的委托信中的话。

"好了,巴克,伙计,"他亲切和蔼地说,"我们已经闹腾了一番,最好就到此为止吧。你明白了你的地位,我明白我该做什么。如果你做只本分的好狗,一切就妥了,今后前途无量。要是不老实,那我会把你的五脏六腑都打出来。明白吗?"

他边说,边无所畏惧地轻轻拍了拍曾被他冷酷毒打过的巴克。一接触到他的手,巴克的皮毛不自觉地倒竖了起来,但是它没有抗拒，默默地忍受着。当那个人为它拿来水的时候，它如饥似渴地喝了起来，后来，它又一块接一块地狼吞虎咽着那男人手里的生肉。

它被人打败了（它明白这一点），但是它没有被人打垮。它意识到，与拿着棍棒的人斗，自己不可能赢。它接受了教训，它今生今世决不会忘了这次教训。那根棍棒就是一种启示。这是它进入了原始法则天地的入门课程，而且它是半途开始入门的。生活的真谛呈现出其狰狞的面目，并且，当它毫不恐惧地面对这样的狰狞面目时，潜伏在它本性里的所有狡诈都被唤醒了。随着日子一天天过去，又运来了其他的狗，有的被装在板条箱中，有的用绳子拴着，有的温顺，有的如它初来时那样暴跳如雷，狂吼怒嚎；结果它看到它们一个个都被那个穿红毛衣的男人驯服。巴克目睹着一次次残酷的驯服，那教训深深地扎进了它的心里：拿棍棒的人就是立法者，虽然别人不一定都得对他摇尾乞怜，但他就是大家都得服从的主人。虽然巴克看到有些被打趴下的狗去巴结讨好那男人，向他摇尾乞怜，舔舐他的手，但它从不干这样的事。它也看到一只既不巴结又不服从的狗，最终在争夺支配权的搏斗中丧了命。

时常会有人上门来，都是陌生人，他们与穿红毛衣的男人谈话，有时激动不已，有时甜言蜜语，他们以各种各样的方式交谈着。而当他们之间发生金钱交换后，陌生人往往会带走一只或更多的狗。巴克好奇它们去了什么地方，因为它们再也没有回来。它为自己的将来深感恐惧，每一次没被选中，它都很高兴。

可是，事情终于轮到它的头上。那天，来了一个干瘪的男人，

他嘴里吐出的英语断断续续,而且夹着很多既古怪又粗鲁的大呼小叫,巴克完全听不明白。"啊呀!"他一看到巴克就眼睛发光地喊道,"那一定是只好狗。嗯?多少钱?"

"三百,而且还是便宜卖的哪。"穿红毛衣的男人马上回答说,"再说这是政府的钱,你不会讨价还价的吧,嗯,佩罗?"

佩罗露齿笑了。由于对狗的需求猛增,狗的价格突飞猛涨,因此,要买这样一条好狗,这个价不能算不公道。加拿大政府不会吃亏,而急件邮递速度也不能耽误。佩罗挑狗很在行,他一看到巴克就知道它是千里挑一的——"是万里挑一。"他暗自思忖道。

巴克看到钱在这两人之间转了手,因此当干瘪小个子男人将它与柯利牵走时,它并不吃惊。柯利是一只性情温和的纽芬兰犬[1]。从那以后,它就再也没有见过那个穿红毛衣的男人。并且,自它与柯利从"独角鲸号"的甲板上眼看着西雅图渐渐消失的时候起,它也就再没有看到过温暖的南方大地。佩罗把它与柯利带到了甲板下

[1] 一种原产于加拿大纽芬兰岛的大型犬,皮毛厚实,性情温和,灵敏而又善于游泳。

面,把它们交给了一个名叫弗朗索瓦的黑脸大汉。佩罗是法裔加拿大人,皮肤黝黑,但弗朗索瓦是法裔加拿大混血儿,因此皮肤还要黑上一倍。在巴克眼里,他们是完全不同的一种人(它注定要见到形形色色的从未见过的人),虽然它对他们生不出亲热的感情,但它慢慢开始真心实意地尊敬他们。它很快就知道,佩罗与弗朗索瓦都是很公正的人,在处理是非之事时既镇静又公平。在对付狗的时候,他们很聪明,不会上狗的当。

在"独角鲸号"的二层甲板上,巴克和柯利遇到了另外两只狗。其中有一只雪白的大狗,来自斯匹次卑尔根群岛[1],最初是被一位捕鲸船船长带出来的,后来还参与过一次荒漠地带的地质勘测活动。这只雪白的狗表面看似友善,心里却暗藏阴险。它一边冲着你笑,一边琢磨着鬼点子。例如在第一顿饭时它就偷吃了巴克的食物。当巴克要跳起来去惩罚它时,弗朗索瓦的鞭子便在空中呼啸而过,落到了肇事者的身上。于是巴克也不用自己动手了,它所要做的只是拿回它的骨头。它心想,弗朗索瓦处事真公正。于是,这个混血儿在巴克心中的地位开始上升。

另一只狗没有冒犯的举动,也没有受到其他狗的冒犯。当然,它也没有企图要从初来乍到的狗那里偷东西吃。它阴沉、乖僻,并明白地向柯利表示,它只想独自待着,而且如果谁去招惹它,那就是自找麻烦。人们叫它"戴夫"。它吃了就睡,偶尔伸伸懒腰。它

1 位于北冰洋上,主权归属于挪威的极地群岛。

对其他事情漠不关心，甚至当"独角鲸号"穿越夏洛特王后湾，船身像是着了魔似的在波涛里上下滚动、颠簸冲撞的时候，它还是无动于衷。巴克与柯利既兴奋又惊恐，而它却抬起头，似乎很恼火。还好，它只是朝它们漠然地看了一眼，然后打了个呵欠，再一次睡去了。

螺旋桨不知疲倦地转动着，船只不分白天与黑夜地颤动着，虽然日子一天天没有什么区别，但巴克明显感到天气在渐渐地变冷。一天早晨，螺旋桨终于安静了下来，"独角鲸号"上到处洋溢着激动的情绪。它感觉到了这种激动，其他狗也感觉到了。它知道即将会有新的变化。弗朗索瓦在它们的颈部拴上皮带，把它们带上了甲板。刚一踏上寒冷的地面，巴克的脚便陷进了一种白色的糊状物里，很像烂泥。它哼了一声，身体向后缩去。这种白色的东西正在源源不断地从空中飘落下来。它抖动着身子，但是这东西越来越多地落到它身上。它好奇地嗅了嗅，然后用舌头舔舐了一点。这东西像火一样刺痛，但瞬息之间却又消失了。这让它很纳闷。它再试了一次，却是相同的结果。旁观者们哄然大笑，它感到很难为情，但它不知道这是怎么回事，因为这是它第一次见到雪。

第二章　棍棒与犬牙法则

在戴依海滩的第一天,对巴克来说简直是一场噩梦。每时每刻都充满了震惊和意外。突然一下子,它被人猛地推出了文明的天堂,扔入了原始野蛮之境。这不再是一种闲散的、充满阳光的生活,不再是无所事事到令人生厌的生活。这里,没有宁静,没有休息,没有片刻的安全。到处是喧嚣和骚动,并且生命与身体随时都有遭受摧残的危险。必须时刻保持警惕,因为眼前这些狗和人都不是城里的狗和人。它们都是野蛮的家伙,全部都是,它们不懂什么是法律,只知棍棒与犬牙法则。

这些狗厮打起来同狼一般,这是它前所未见的。它的初次经历就给它留下了难以磨灭的教训。没错,那是一种通过他人的遭遇而获得的感同身受的经验,否则它不可能活着从中受益。

遭遇噩运的是柯利。他们当时驻扎在原木商店附近,柯利友好地朝一条爱斯基摩犬[1]走去,那只爱斯基摩犬有成年的狼那么大,

[1] 原产于北极陆地,是极地居民的重要交通运输犬。

但还是不及柯利一半大小。没有丝毫的警告,爱斯基摩犬如闪电般地扑过来,金属夹子般的牙齿死死咬住柯利,又同样迅捷地纵身跳开,顿时柯利的脸上从眼睛到下巴便都被撕裂了。

扑过来就咬,咬完了就跳开,这正是野狼厮打的方式。然而事情到这里还远远没有结束。这时,跑来了三四十只爱斯基摩犬,它们热切地、一声不响地将两只厮打着的狗团团围在中间。巴克弄不明白它们那种一声不响的热切,也不理解它们为什么一副垂涎欲滴的样子。柯利朝它的对手冲去,而它的对手再一次扑向它后便往旁边纵身跳开。对手用胸脯挡住柯利下一发冲刺,令它出乎意料地一个翻身摔倒在地。它从此再也没有站起来。这正是那些观望的爱斯基摩犬所期待的。它们嘴里"嗷嗷"叫着向它围拢过去,柯利淹没在了它们中间,在一群毛发倒竖的野兽躯体下痛苦地尖叫。

这一切来得如此突然,如此出人意料,巴克给吓蒙了。它看见斯匹次伸出了鲜红的舌头,它大笑时就是这个样子;接着,它看到弗朗索瓦挥舞着一把斧子,冲进混乱的狗群之中。三个男人拿着棍棒,帮他一起驱散狗群。狗群很快就给驱散了。自柯利倒下起,到围攻者被棍棒驱赶开,只有两分钟的时间。但是它躺在血红的、被踩烂的雪地里,浑身无力,没有了生息,它几乎被撕成了碎片,黝黑的混血儿站在那儿朝下看着它,嘴里发出了可怕的诅咒。这个情景经常出现在巴克的睡梦中,令它不得安宁。因此,生存就是这样。毫无公平可言。一旦倒下,你就完蛋了。所以,它要千百万分

地小心,决不能倒下。斯匹次又把它的舌头伸了出来,再一次哈哈笑了起来,于是,从那个时刻起,巴克内心便对它充满着难以平息的痛恨。

柯利的悲惨遭遇给巴克带来了极大的震撼,但没等它从这种震撼中恢复过来,它便再度被震惊到了。弗朗索瓦给它拴上了皮带与扣环。那是一副挽具,它在家时见过马夫给马安上这种东西。于是,如同它曾见过马儿劳作那样,它也被迫干活,用雪橇将弗朗索瓦拖到峡谷边上的森林里,然后拖回满雪橇的柴火。被当作拉雪橇的畜生虽然严重地伤害了它的尊严,但是它很聪明,因此并没有反抗。尽管干活对它来说是件新鲜而陌生的事,但它下决心要认真干,尽量干得出色。弗朗索瓦是个严厉的人,他要求令行禁止,而且靠他手中的鞭子,他的命令总是被立刻服从。戴夫是只经验丰富的车辕犬,无论什么时候,只要巴克出了错,它就会咬巴克的后腿。斯匹次是领头犬,同样也经验丰富,虽然它不会老是攻击巴克,但它时常用尖厉的怒吼责备他,或者狡猾地把自己的体重都压在挽绳上,将巴克猛地拉到它该走的道上。巴克轻而易举地学会了这些花招,而且在它的两个伙伴及弗朗索瓦的共同传授之下,它进步很快。在它们返回驻扎地时,它已经很清楚,"嗬"是停,"走"是向前走,走弯路时转动的幅度要大,当重载的雪橇在它们身后冲下山坡时要避让车辕犬。

"三只狗都非常出色,"弗朗索瓦告诉佩罗,"瞧那巴克,它拉起来简直不要命。它学的快得很。"

下午，佩罗急于上路运送急件，又带回了两只狗。它们分别叫"比勒"与"乔"，是两兄弟，都是纯种的爱斯基摩犬。尽管它们一母所生，但却如白天与黑夜那样截然不同。比勒的一个弱点是它性情极其温和，而乔则完全相反，它脾气坏，性格内向，不停地咆哮，目光中常常怀着恶意。巴克友好地接纳了它们，戴夫则对它们不理不睬，而斯匹次则挨个将它们揍了一顿。比勒讨好地摇动着它的尾巴，但当它意识到讨好的办法不奏效时，便转身跑开去，当斯匹次的尖牙咬破了它的胁腹时，它哭叫了起来（依然是一副讨好的态度）。但是乔就不一样了。无论斯匹次如何在它身子周围转圈，乔都是用后腿站在地上，迅速转动身子，面对着斯匹次。只见乔颈毛倒竖，耳朵后贴，扭着嘴歪着唇一阵咆哮，咆哮过后牙齿立即"咔嗒"一声紧紧咬住，眼睛发出恶魔般暗淡的光——表现出一副交战前的凶狠模样。它看上去非常吓人，因此斯匹次不得不打消要教训它一顿的想法；为了掩饰自己的尴尬，它便将目标转向不伤害他人而只会叹息的比勒，把它赶到营地外。

黄昏时，佩罗搞到了另一条狗，这是一条老爱斯基摩犬，长长的身体既消瘦又憔悴，脸上满是厮杀时留下的伤疤，一只独眼展示着它的荣耀与英勇，迫使大家不得不对它肃然起敬。它名叫索莱克斯，这名字的意思是愤怒者。像戴夫一样，它既没有什么要求，也不愿多事，更没有什么期望。它缓慢而谨慎地走到它们中间时，甚至连斯匹次都不敢去招惹它。它有一个忌讳：不喜欢别人靠近它瞎眼的一侧。而倒霉的巴克发现了这一点。巴克是在无意中发现的，并且马上领教了大意的后果：索莱克斯绕着它旋转并发动攻击，将它的肩膀撕裂了三英寸，露出了骨头。自此以后，巴克始终避开它瞎眼的一侧，所以它们一直都相安无事，而且索莱克斯就像戴夫一样，它唯一的期望就是大家不要去惹它。只是到后来巴克才知道，它们俩都还有一个更重大的野心。

那个晚上巴克遇到了睡觉这个大问题。靠烛光照明的帐篷，在白色的平原上显得明亮又温暖。而当它像往常一样进入帐篷的时候，佩罗和弗朗索瓦一边对它破口大骂，一边朝它扔来了锅碗瓢勺，直到它从极度惊愕中清醒过来，灰溜溜地逃到外面的寒冷中为止。外面刮着阵阵寒风，冷得刺骨，剧烈地噬咬着它负伤的肩膀。它躺在雪地上，试图睡觉，但是寒霜马上使它从头到脚战栗不止。它满心凄凉与忧伤，在帐篷间来回穿行，结果发现处处都是一样寒冷。不时有野狗朝它扑来，但是它倒竖起颈毛，对着它们嚎叫（它很快就学会了），于是它们放过了它，没有伤害它。

最后，它想到了一个主意。它要回去看看伙伴们是怎样在这寒冷中睡觉的。让它惊讶的是，它们都消失了。它再一次在这片大营地里游荡，寻找它们，然后又一次返回原地。它们在不在帐篷里？不，不可能，否则不会把它赶出来。那么，它们可能在什么地方呢？它垂着尾巴，浑身战栗，完全是一副丧家之犬的样子，漫无目的地绕着帐篷转圈子。突然，它前腿下面的雪塌了下去，它身子跟着往下陷去。它感到脚下有什么东西在扭动，便赶紧跳了起来，毛骨悚然地嚎叫，那看不见的、莫名的东西让它感到恐惧。但是，一声轻微的友善的狗叫使它消除了疑虑，于是，它回过头去看个究竟。一股暖流向它扑面而来，只见比勒蜷在雪的下面，身子紧紧地缩成一个球。它发出抚慰般的呜呜声，并扭动着身子，表示它的好意。它甚至大胆地用暖暖的、滴着唾沫的舌头舔着巴克的脸，似乎想以此换得和平。

又学到一个经验。原来它们是这样睡觉的！巴克信心满满地选了个地方，接着就笨拙地为自己挖了一个洞，其间还白白浪费了不少力气。它刚躺进洞里，有限的空间便充满了它身上的热气，令它顿时感到昏昏欲睡。这一天过得非常漫长，而且艰辛，所以虽然它在噩梦中又是吼叫又是挣扎，但还是睡得非常香甜而舒服。

直到营地里的人们醒来时发出的嘈杂声将它吵醒，它才睁开眼睛。起初，它忘了自己在什么地方。夜里下雪了，它完全被埋在了雪里。雪墙从它身体四周挤压着它，于是，一阵恐惧迅速涌向它——野兽对陷阱的恐惧。这是一种兆头，表明它正在从自己的生活中追溯它祖先的生活；因为它是一只开化的狗，一只极度文明化的狗，凭它自身的经验，它不知道陷阱，因此它自己是不可能惧怕的。它全身的肌肉本能地抽搐起来，颈部和肩部的毛发竖立了起来，于是它一声狂嚎，纵身朝上一跳，蹿入亮得令人头昏目眩的白昼中，雪在它四周如云一般飞散而开。没等它在地上站稳，它就看见展现在眼前的一大片白色营地，于是它想起来自己在什么地方，想起了它从与曼纽尔一起去散步到昨晚自己掘洞睡觉期间所发生的一切。

弗朗索瓦随着一声欢呼出现在眼前。"我没说错吧？"这个车夫对佩罗大声说，"那个巴克学起来确实非常快。"

佩罗神情严肃地点点头。作为加拿大政府的信差，他负责运送重要文书，因此得到最出色的狗是求之不得的事，所以他为拥有巴克而特别高兴。

一个小时不到，这个小队又增加了三只爱斯基摩犬，加起来总共有九只狗了，而且在不到一刻钟的时间，它们都套上了狗具，摇摇摆摆地走上小路，朝着戴依峡谷前行。出发了，巴克很高兴，虽然活儿非常累，但它并不特别鄙视干活这码事。它吃惊地发现，整个狗队都很迫切，这种心情使得大家充满了活力，这深深地感染了它；更令人吃惊的是，连戴夫与索莱克斯也精神抖擞起来。它们都是新来的狗，一套上狗具，完全变了样儿。一切消极和冷漠顿时从它们身上消失了。它们变得很警觉、活泼，迫切希望活儿进展顺利，如果因迟缓或混乱而耽搁了，它们就会非常恼怒，气急败坏。拖雪橇这种劳作，似乎是它们存在的最高表现形式，是它们生存的全部意义，是唯一令它们高兴的事情。

戴夫是车辕犬，也叫压橇狗，巴克在它前面，再前面是索莱克斯；其余的狗都在前面，排成一列纵队单行，斯匹次占据着领头犬的位置。

将巴克安排在戴夫与索莱克斯之间是有目的的，是为了让它受到培训。它是一个聪明的学生，而它们同样是合格的老师，途中从不允许它一直犯错，总是用它们的尖牙利齿给它上课。戴夫很公

正,也很聪明。它从不无缘无故地咬巴克,而当巴克驻足不前时也决不嘴下留情。弗朗索瓦的鞭子是帮凶,因此巴克发现悔过自新比报复来得轻松。一次,在短暂停留期间,巴克把挽绳弄乱了,耽误了出发,戴夫和索莱克斯一起扑向它,给它一顿痛打。结果挽绳乱得更加不可开交,但是自那以后,巴克便万分小心,不让挽绳纠缠在一起。没等这天结束,由于它已经熟练地掌握了工作要领,它的伙伴们差不多都不再挑剔它了。弗朗索瓦的鞭子也不再那么频

繁地噼啪响起,而且佩罗甚至抬起巴克的四脚,仔细查看,让它不胜荣幸。

这一天跑得很辛苦,爬过戴依峡谷,穿越希普营地,经过斯卡尔斯及树林,越过几百英尺深的冰川和雪地,还越过锡尔科特大分水岭。这座分水岭矗立在咸水与淡水之间,冷峻地守卫着忧伤和孤独的北方。它们快速经过死火山的火山口形成的湖泊群,在晚上抵达了本尼特湖边的大营地,那里有数千名淘金者在造小船,待春天冰雪融化时使用。巴克在雪地上挖好窝洞,疲惫不堪地睡着了。可是在黑咕隆咚的寒冷中,它被早早地驱赶起来,和伙伴们一块儿被套上拉雪橇的挽具。

那天它们行进了四十英里，路上的冰雪都已被压得严严实实。但第二天以及之后的许多天里，它们就得自己开路前进，活儿更加辛苦，进程更慢。通常情况下，佩罗走在队伍前，用雪鞋将积雪踩严实，使它们走起来轻松些。弗朗索瓦掌控着雪橇方向杆，有时与佩罗交换一下，但不是经常换。佩罗急着赶路，而且他对自己冰雪方面的知识很自负。这种知识是必不可少的，因为秋天的冰非常薄，而在水流湍急的地方，根本就没有一点儿冰。

巴克日复一日地戴着挽具干着苦力，日子似乎没有尽头。它们常常在黑暗中拔营，在黎明的第一缕曙光出现的时候，它们已经上了路，而且身后已留下了几英里新鲜的足迹。它们常常在天黑之后才安营扎寨，吃了点分给它们各自的鱼后，就爬到雪里去睡觉。巴克吃起来总是狼吞虎咽。它每天有一磅半鲑鱼干，不知吃到什么地方去了。它从来就没有吃饱过，始终受着饥饿的煎熬。可是，其他狗因为身子骨较轻，而且生来就是过这种生活的命，所以即使只有一磅鱼的定量，也没什么问题。

它以往的生活使它养成了爱挑剔的毛病，但这种毛病很快就消失了。它原本吃饭很讲究，可是那些先吃完的伙伴会来抢它还没吃完的。它没法防备。正当它赶跑两三个的时候，鱼便到了另外几个的嘴里。要想避免这种情况，它就得像它们一样快速吃饭。并且，在饥饿的驱使下，它不得不去偷吃其他狗的食物。它边看边学。派克是条新来的狗，它很狡诈，而且常常装病逃差，还是个小偷。巴克曾看到它趁佩罗转身的时候，偷到了一片咸肉，于是第二天它也仿效这一行为,并成功地偷到了整整一大块肉。这引起了一场骚乱,但是没人怀疑巴克;而那个笨拙的冒失鬼、常常被逮住的杜布,替巴克受了过。

第一次偷盗行为,标志着巴克适应了北国险恶的生存环境。这说明它适应性极强,且具有顺应条件变化的能力。缺乏这样的能力,就意味着迅速而悲惨的死亡。但这也标志着它道德本性的衰退或分崩离析,这种道德本性在无情的生存竞争中成了一种无用之物,甚至是障碍。在南方大陆,在友爱与团队的法则下,大家尊重私有财产与个人感受。然而在北国,通行的是棍棒与尖牙法则,谁看重那些东西,谁就是傻瓜;谁遵守那些友爱法则,就必败无疑。

这并不是巴克得出的结论。归根到底,只不过是它适应能力强,在无意中适应了新的生活方式。在它以往的生活里,无论情况多么险恶,它从没有过从战斗中逃跑的历史。可是,那个穿红毛衣的男人用手里的棍棒往它心里打入了一条更基本、更原始的法则。由于文明的熏陶,它可以为了道德精神而死,譬如为保护米勒法官的骑鞭而献身;但现在它为保全自己而逃避对道德的维护,这证明它完成了文明退化的过程。它偷盗,不是因为偷盗给它带来快乐,而是因为它的肠胃在咕咕地叫。它没有明目张胆地抢夺,而是暗中巧妙地进行偷窃,那是因为它想到了棍棒和尖牙。总之,它之所以这样做,是因为做比不做更好过。

它的进步(或者说退化)很迅速。它的肌肉变得如钢铁般坚硬，它也渐渐地对日常的痛苦变得麻木不仁。它逐渐形成了一种身体内外协调一致的节约系统。不管食物怎样恶心，怎样难以消化，它都能吃下去；并且一旦吃下去，它的胃液便把养分的点点滴滴都吸收进去；它的血液则把这些养分输送到身体最遥远的角落，用它们组建成了它粗壮结实的肌体。它的视觉和嗅觉变得特别敏锐。另一方面，它的听觉也变得异常灵敏，即使在睡着的时候，它也能够听到最轻弱的声音，并清楚这些声音代表的是和平还是危险。它学会了用牙齿把脚趾间冻结的冰剔出来；口渴时，如果喝水的窟窿上结着厚厚的冰，它会用后腿蹬，伸直前腿敲击，破开冰层。它最拿手的本领是能嗅出风向，能提前一个晚上预测到风的动向。即使它在树旁或湖岸边挖洞时空气沉闷得叫人透不过气，可是到后来刮风的时候，它一定处在刮不到风的温暖舒适的背风处。

它不仅从经验中获得了这样的本领，而且它长久沉睡的本能也再一次苏醒了。几代受驯养的特征从它身上消失。它模模糊糊回忆起族群的远古时代，那时，野狗们成群结队，穿行在原始森林里，捕食猎物。学会撕咬和像狼一样搏杀，对它来说毫不费力。它那些被遗忘的先辈就是这样厮杀的。它内心深处的古老本能被激活了，祖先的厮杀本领深深印在它的遗传基因里，于是它们的本领便成了它的本领。它不用做出努力或发掘，仿佛这些本领是它与生俱来的。在宁静寒冷的夜晚，当它翘着鼻子对着星星，像狼一般发出长长的嗥叫的时候，那是它早已死去、化为尘埃的祖先在翘着鼻子对着星星，像狼一般长长地嗥叫，这嗥叫越过几个世纪，传遍了它的全身。它的声音就是祖先们的声音,这声调表达了它们的忧伤,倾诉着它们对寂静、寒冷以及黑暗的理解。

因此,这支古老的歌表明生命只不过是一场受人摆布的木偶戏,它从它身上流过,使它复原了本性。它来到这里,是因为有人在北方发现了一种黄色的金属,是因为曼纽尔只是个园丁助手,他的工资养活不了他妻子与他许多年幼的后代。

第三章　统率一切的原始兽性

巴克身上的原始兽性明显而强烈，并且在拖雪橇的艰苦生活中，它的兽性与日俱增，悄悄地不露声色地增长着。新掌握的谋略使它获得了沉着和自制。它忙于适应这种新的生活，并不感觉悠然自得。它并不寻事挑衅，而是尽可能避免打架。它的态度表明它是经过深思熟虑的。它不倾向于蛮干和贸然行事，尽管它和斯匹次之间有着深仇大恨，但它没有流露出急于报仇的心情，而是尽量避免挑衅。

另一方面，斯匹次也许把巴克视为对手了，因此一有机会便向巴克显露它的尖牙。它甚至想方设法威吓巴克，想方设法挑衅打架。要真打起来，其结果必然是你死我活。如果不是发生了一起不寻常的事故的话，这场搏斗也许在这次旅行之初就已发生了。那天结束行程后，他们在荒凉的勒巴吉湖湖畔扎了营。大雪纷飞，大风如刀一般刺骨，眼前一团漆黑，他们只得摸索着扎营。他们的境遇最惨也不过如此了。他们的身后是高耸的岩壁。佩罗和弗朗索瓦不得不点起火，将睡袋铺设在冰湖上。为了行动轻便，他们在戴依峡谷把帐篷丢弃了。他们用两三根浮木生了个火，但火烧到冰上便熄了，他们只好在黑暗中吃了晚饭。

巴克紧挨着岩壁下方做了个窝，把岩石当作屏障。那里温暖舒适，因此，当弗朗索瓦在火上把鱼解冻后分发给它的时候，它真不愿意离开。但是，当巴克吃完自己那份食物回来的时候，它发现自己的窝被占了。一声警告似的咆哮，使它明白侵占者是斯匹次。以前巴克一直避免与这个对手发生冲突，但是，这次让它实在忍无可忍。它体内的野兽发出了怒吼。一阵狂怒之下，它扑到了斯匹次身上。这使得它俩都吓得一跳，尤其是斯匹次，因为以往与巴克相处的所有经验都告诉它，对手是一只异常胆小的狗，之所以能保住自己的性命，完全是因为它强壮而高大的体魄。

它们从乱作一团的窝里一跃而出，弗朗索瓦也被吓了一跳，但他立刻明白发生了什么。"啊——啊——嚯！"他冲着巴克喊。"给它点颜色看看，上啊！给它点颜色看看，那个可恨的小偷！"

斯匹次反应也同样敏捷。它又气又急地乱叫，来回地绕着圈子，伺机进攻。巴克也同样急于进攻，同样机警地绕着圈子，等待着有利的时机。就在这个时刻，出乎意料的事情发生了。这件事使它们把这场地位争夺战推迟到遥远的将来，推迟到一番艰苦的长途跋涉和劳役之后。

佩罗大骂一声，木棒又重又响地落在了一个瘦骨嶙峋的躯体上，一声痛苦的尖叫，标志着一场混战突发而至。他们的营地突然出现了鬼头鬼脑的毛茸茸的畜生——一群饿得半死的爱斯基摩犬，有近百只，它们不知从哪个印第安村庄嗅到了这个营地。当巴克和斯匹次打架的时候，它们已经偷偷地靠近了，并且，当这两个男人挥舞着粗壮的木棒冲进它们之间的时候，它们露出了犬牙，进行反击。食物的香味叫它们发狂。佩罗看到一只狗将头伸进了食物箱。他的木棒便重重地落到了它骨瘦如柴的身上，食物箱被掀翻了。顿时，近二十只饥肠辘辘的畜生一同扑向面包和咸肉，棍棒打在身上都全然不知。木棒像雨点般落在它们身上，它们又嚎又叫，但仍然在拼命抢着食物，直至将最后一块面包吞食干净为止。

　　与此同时，惊呆了的雪橇队狗群都早已冲出自己的窝，但也只是成了凶猛的入侵者的攻击目标。巴克从没看见过这样的狗。它们瘦得仿佛骨头都要从皮毛下戳出来了，都只剩下一副骨架，松散地装在又湿又脏的皮毛里，眼睛冒着火，尖牙上滴着唾液。它们饿得发了狂，变得令人恐怖，不可抵抗。谁也抵抗不了这群饿狗。雪橇队的狗在第一个回合就全部被赶到了岩壁边。巴克被三只爱斯基摩犬包围住，刹那间，它的头和肩部被撕裂了。喧嚣声非常可怕。比勒照常啼哭了起来。戴夫和索莱克斯虽然身上有二十多处在滴血，但还在勇敢地并肩作战。乔像恶魔那样狂吠着。它咬住了一条爱斯基摩犬的前腿，并将之咬了个粉碎。常装病逃差的派克便纵身扑到那只瘸腿的狗身上，只见它牙齿间一缕闪光，再猛地一拉，对方的脖子就被咬断了。巴克咬住了一条口吐白沫的狗的咽喉，当它的牙齿咬进对手的咽喉里时，对手的血喷了它满头满脑。它嘴里感到了暖乎乎的血，这使它变得更加凶猛。于是，它又朝另一条狗扑去，与此同时，它感到有牙齿在咬自己的咽喉。是斯匹次，它竟然从侧面偷袭了自己。

佩罗与弗朗索瓦已经清理好他们所在的那片营地，匆忙赶来救雪橇队的狗。饿慌的野兽黑压压地朝他们涌去，巴克得以挣脱出来。但只一小会儿，两个男人又被迫跑回去保护食物；于是，爱斯基摩犬又转回来袭击雪橇队的狗。比勒于惊恐中生出一股勇气，冲出凶蛮的包围圈，从冰上逃走了。派克与杜布紧跟在它的身后，于是，雪橇队其余的狗也都跟了上去。正当巴克站起身，准备跟着它们逃跑的时候，眼睛的余光瞟见斯匹次正朝它冲撞过来，明显是想将它掀翻。一旦掀翻在地，被那群爱斯基摩犬压上来，那它就完蛋了。但它铆足劲，顶住了斯匹次的冲撞，接着便加入了湖上逃跑的队伍。

后来，它们九条狗聚集在了一起，在森林里寻找隐蔽处。虽然没有狗在追踪它们，但它们的状况非常惨。没有一条狗身上没有四至五处伤的，有几条狗的伤势还很严重。杜布的一条后腿严重受伤；多莉是在戴依峡谷最后一个加入这个队伍的爱斯基摩犬，它的咽喉被撕扯得很厉害；乔失去了一只眼睛；而温顺的比勒的一只耳朵被咬成了碎条，它整夜又叫又哭。破晓时分，它们小心地一瘸一拐地回到营地，发现掠夺者已经离去，剩下那两个男人一副气急败坏的样子。它们足足损失了一半的食物。那些爱斯基摩犬把雪橇的绳子及帆布盖都咬了个粉碎。事实上，尽管有些东西远不可食用，但它们见什么就吃什么，几乎没有东西可以幸免。佩罗的一双驼鹿皮鞋被吃掉了，皮挽绳被咬成碎块，甚至连弗朗索瓦的皮鞭上的两英尺鞭梢也被吃掉了。弗朗索瓦从暗自神伤中回过神来，开始仔细查看那些受伤的狗。

"啊，我的伙计，"他温柔地说，"被咬成这个样子，你们也许气疯了吧。全都要气得发疯了吧！天哪！你说呢，嗯，佩罗？"

向导迟疑不决地摇了摇头。到道森还有四百英里的路途，这些狗可不能气疯啊。他们一边骂骂咧咧，一边拼命干活，终于花两个小时把挽具清理出了个头绪，使伤痕累累的狗队再次上路。狗队在痛苦中挣扎着前行，这是它们最艰苦卓绝的一段旅途，因此，也是它们到道森前最艰难的路段。

三十里河的河面宽广开阔。流动的河水没有霜冻，只有在有旋涡与河水平静的地方才会出现冰冻。要走完那三十英里可怕的路程，需要拼命奔波六天时间。说那路程可怕，是因为每迈出一步都是在冒着生命危险。佩罗在前面开路，他十几次踏破冰桥，多亏手中拿着的长杆才幸免于难，他横拿着长杆，因此每次他身体跌入冰洞里时，长杆就横在洞的上面。但是天气寒冷至极，温度计上显示为零下五十摄氏度，因此，每次他掉进冰窟窿里，都不得不为活命而生起火，把衣服烤干。

他可真是无所畏惧。正因为什么也吓不住他，他才被选为政府的信使。他敢冒各种各样的危险，毅然将他那张枯瘦的小脸迎向霜冻，从天灰蒙蒙亮开始一刻不停地干到天黑。他脚踩在河边的冰上，沿着崎岖不平的河岸向前走去，冰层在脚下弯沉下去，并噼啪作响,他们不敢在上面久停。有一次,雪橇带着戴夫和巴克一同陷入了冰水里,当它们被拖上来时,已经被冻得个半死,而且几乎被淹死。必须生火抢救它们。它们浑身都是硬邦邦的冰,那两个男人驱赶着它们围着火不停地跑步,直跑得大汗淋漓,冰霜融化。由于离火太近,它们的皮毛也快被火给烤焦了。

另一次,斯匹次掉了进去,把从它后面到巴克前面的狗全都带了下去,巴克拼尽全身力气使劲往后撑住,前爪已蹬在滑溜溜的冰洞边上,四周的冰在颤动,噼啪乱响。它身后的戴夫也在竭力往后拉,雪橇的后面是弗朗索瓦,他竭尽全力拉住雪橇,拉得筋骨都在咯咯作响。

这时,前后的冰层再次裂开,它们除了上悬崖没有任何其他出路。佩罗奇迹般地爬上了悬崖,那时弗朗索瓦心中正在祈求这样的奇迹发生。接着他们用所有的皮带和雪橇捆扎绳和最后一点儿挽绳,编成一根长绳子,将狗一只一只地吊到了悬崖顶上。弗朗索瓦跟在雪橇与货物后最后一个上了悬崖。接着,便得寻找下悬崖的路。最终,他们还是借助绳子下了悬崖,晚上他们又回到了河上,这天他们只前进了四分之一英里。

当他们走到胡塔林卡坚硬的冰面上时,巴克已精疲力竭了,其他狗也同样如此。但是,佩罗为了弥补失去的时间,逼着它们起早摸黑地赶路。他们第一天走了三十五英里,到达了大鲑鱼河;第二天又行进了三十五英里,到达小鲑鱼河;第三天,走了四十英里,离五指城很近了。

巴克的脚不像爱斯基摩犬的那样结实坚硬。自从它最后的野蛮祖先被洞穴人及河居人驯服的时候起，又经过了漫长的岁月，它的脚早已变得柔软。它整天在痛苦中蹒跚而行，而一扎下营，它就像死狗那样躺倒。虽然肚里饿得发慌，但它也不愿挪动身子去拿它的定量鱼食。于是，弗朗索瓦不得不把鱼拿给它。另外，这位车夫每晚在晚饭以后都为巴克按摩半小时的脚，而且还牺牲了他自己的鹿皮鞋鞋面，为巴克做了四只皮鞋。这给它减轻了不少痛苦。有一天早晨，弗朗索瓦忘了给它套上皮鞋，巴克便仰卧在地上，四只脚在空中乱晃，表示不给它穿上皮鞋，它就拒绝起身，这场面甚至让佩罗那张枯瘦的脸都扭动起来，咧嘴笑了。后来，巴克的脚变硬了，适应了山路，破损的皮鞋也被扔掉了。

一天上午，当他们在佩利营地整装待发的时候，多莉突然发狂起来，在这之前它从未有过任何与众不同的举动。大家从它鬼哭狼嚎般的一声长叫中明白，它疯了。它的叫声令其他每条狗都感到毛骨悚然。它叫罢，便径直地朝巴克扑来。巴克从没有见过疯狗，也不知道为什么要害怕，可它清楚地感觉到了恐惧，吓得拼命逃跑。它拔腿往前飞跑，而多莉气喘吁吁、口吐白沫地在后面追赶，距它仅一步之遥。它吓得难以名状，所以多莉不可能追得上它，但这时的多莉已疯狂至极，所以巴克也不可能摆脱得了它。巴克一头扎进岛上茂盛的密林之中，朝着地势低下的一头飞跑而去，越过一条满是粗糙冰块的小河道，来到了另一个岛，然后，又上了第三个岛，从这个岛又转回到了河里。它拼命横渡这条河。虽然它一直没敢回头去看，但总能听到多莉在它身后的吼叫。弗朗索瓦在四分之一英里的远处喊它，它加快了折返的速度，终于还是领先了一步到达。它痛苦地拼命喘息，只盼望弗朗索瓦能够救它。车夫手拿斧头，当巴克如梭般地从他身前经过后，斧头便重重地砸在了疯狗多莉的脑袋上。

巴克蹒跚着走到雪橇旁，身子靠在雪橇上，它已筋疲力尽，呼哧呼哧地喘着粗气。这在斯匹次看来是天赐良机。它扑向巴克，两次朝毫无抵抗能力的仇敌身上咬去，把对方的肉撕咬了下来，直到露出了骨头。这时，弗朗索瓦的鞭子落了下来，这一鞭非常重，队里的其他狗都没有挨过这样重的鞭打，看到斯匹次挨鞭子，巴克真是心满意足。

"那个斯匹次是个恶魔，"佩罗评论说，"总有一天它会要了巴克的命。"

"那个巴克可是恶魔中的恶魔，"弗朗索瓦反驳说，"我一直在留意那个巴克，我可以肯定。瞧，说不定哪天，它就会发疯，把斯匹次嚼个稀巴烂，然后再把它吐出来，吐到雪地上。我知道，绝对会的。"

从那时起，它俩之间的战争就拉开了序幕。斯匹次作为领头犬以及大家所公认的狗队老大，深感它至高无上的地位受到了这条与众不同的南方狗的威胁。它感到巴克与众不同，是因为在它认识的很多南方狗中，没有一条在野营及长途跋涉中有过出色的表现。它们都非常软弱，都会在劳苦、霜冻和饥饿交迫之中死去。而巴克却是个例外。只有它拥有巨大的忍耐力，并且挺了过来，而且在力量、野性及狡诈这些方面可与爱斯基摩犬相媲美。再说，它是一条有支配能力的狗，那个穿红毛衣男人手里的木棒已将巴克支配欲中的愚勇及蛮干打掉了，使它变得极其危险。它狡猾得出奇，而且在伺机行事中表现得极有忍耐力，而这种忍耐力正是原始野性的特征。

对领头犬地位的争夺不可避免会引发一场冲突。巴克想得到这个地位。因为这是它本性使然，因为它心中紧紧攥着一种骄傲，一种戴着挽具长途跋涉时的那种无以名状、无法理解的骄傲。这种骄傲使狗儿们在劳作中能坚持到最后一口气，使它们戴着挽具快乐地死去，一旦狗儿们被剥夺了这种劳作，它们会伤心欲绝。这是戴夫作为车辕犬的骄傲，是索莱克斯竭尽全力拖车时的骄傲。它们正是怀着这种骄傲开始拔营，并从脾气乖戾、闷闷不乐的畜生变成了使劲拉物、满怀热切、野心勃勃的生物。这种骄傲整天都在鼓舞着它们，一直持续到晚上扎营，然后它们又变成了郁郁寡欢、烦躁不满的畜生。正是这种骄傲支撑着斯匹次，支撑着它去痛打那些犯错、逃避责任或者在早晨该起来干活时躲躲藏藏的狗。也是这种骄傲，使它担心巴克可能会抢了它领头犬的地位。巴克也怀着这种骄傲。

它公然地威胁另一条狗的领头地位。它拦住斯匹次，不让后者去惩罚那些本该受罚的逃避者。它是故意这么做的。有天晚上，下了一场大雪，早晨，常装病逃避的派克没有出现。它心安理得地躲在一英尺深的雪下的窝中。任凭弗朗索瓦叫唤、寻找，它都无动于衷。斯匹次愤怒至极。它怒气冲冲地搜遍整个营地,在所有可能的地方又嗅又挖,它吓人的嚎声令派克在躲藏的地方浑身战栗。

最终派克被挖了出来,但是当斯匹次扑向它要施加惩罚时,巴克也同样怒不可遏地扑过去,挡在它们俩的中间。这可是斯匹次没有料到的,而且巴克动作很灵活利索,直接把斯匹次向后掀倒在地上。吓得瑟瑟发抖的派克看到这突然的变故,顿时为之一振,跳起来扑到了被掀翻的领头犬身上。对巴克而言,公正已成了一种被忘却的法则,于是它也扑向斯匹次。弗朗索瓦看着这一切,暗自觉得好笑,但还是铁面无私地主持了正义,使尽全力用鞭子朝巴克抽去。但这没能将巴克从趴倒的对手身上赶开,于是弗朗索瓦就用鞭把打它。巴克被鞭把打晕了头,向后倒去,鞭子紧跟着不断地落在它身上。与此同时,斯匹次给了多次犯错误的派克好一顿教训。

之后几天,随着道森越来越近,巴克不断地横插在斯匹次和犯错者之间。不过,它做得非常巧妙,常常趁弗朗索瓦不在的时候行动。巴克的暗中反抗引起了全体的不顺从,而且愈演愈烈。戴夫和索莱克斯没有受到影响,但是其余的狗越来越不像话了。情况很不正常。争斗和吵架不时发生,麻烦时刻酝酿着,而其根本的原因就是巴克。它害得弗朗索瓦忙个不停,这位车夫始终担心,这两只狗之间会发生一场你死我活的战争,他清楚,这样的事迟早会发生。不止一个晚上,他一听到其他狗的争吵声,就会马上穿着睡衣起身,担心是巴克与斯匹次在打架。

但是,这样的机会始终没有降临。直到他们在一个沉闷的下

午驶进了道森,那场生死较量也没有发生。道森有很多的人与数不清的狗,巴克看到它们全都在干活。让狗干活似乎成了老天注定的规矩。白天,它们排着长长的队伍在大街上摇晃着身子来回奔跑;夜晚,一路上依然响着它们的叮叮当当的铃声。它们拉着搭小屋的原木和木柴,运往矿井,干着在圣克拉拉峡谷马儿们干的种种活儿。巴克到处都能遇见南方狗,但是,它们大部分都是些野狼般的爱斯基摩犬。每晚在九点、十二点和凌晨三点,它们常常会吟唱起一曲曲夜歌,那是一种神秘、奇怪的吟唱,巴克愉快地加入了歌唱的队伍。

北极光冷漠地在头顶上放光,繁星在霜花中舞蹈跳跃,大地在白色的大雪覆盖下麻木地冻住了，因此，爱斯基摩犬的这种歌也许是对生活的一种反抗，只是它的调子太低沉，还夹带着长吁短叹，听起来更像是生活的哀叹，是对这种辛苦劳作的诉说。这是一首古老的歌，爱斯基摩犬这个品种有多古老，这首歌就有多古老。它是早期世界里的最初的歌，那时的歌全都充满忧伤。它表达了无数代狗的悲哀，这种悲哀使巴克的心莫名其妙地骚动了起来。当它呻吟、啜泣的时候，它倾诉着生活的痛苦，那也是它野蛮父辈们的古老的痛苦，它怀着它与父辈们对寒冷与黑暗所共同感受到的恐惧及神秘，呻吟着，啜泣着。它内心的骚动，标志着它穿越了火与房的年代，回归到了荒野嗥叫时代的原始生命状态。

到达道森七天后，他们又沿着巴勒克斯陡峭的河岸，来到育空河道，朝着戴依峡谷与盐水城进发。佩罗携带着重要信件，它们比他携带的任何东西都要重要。他也同样怀着长途跋涉的骄傲之情，并且企图开始这一年的创纪录之旅。眼下要创纪录，有几个条件对他有利：一个星期的休息已经使狗儿们恢复了精神，它们都面貌一新；他们先前开辟的道路被后来者们踩得坚硬结实；并且警方已经在沿途两三个地方为狗与人存放了食物，使他的旅程更轻便了。

第一天他们跑了五十英里，到达了六十里河；第二天，他们飞速奔驰在从育空去佩利的途中。但是，这样没命地跑给弗朗索瓦带来了不小的麻烦和苦恼。由巴克带头的暗中反抗已经破坏了整个团队的凝聚力。在拖雪橇时，它们不再默契得像一条狗在向前奔跑那样。巴克怂恿着反叛者犯各种各样的小错误。斯匹次再也不是具有威慑力的领头犬了。曾经的敬畏消失了，它们都开始与它平起平坐，挑战它的权威。有天晚上，派克抢了它的半条鱼，并在巴克的保护下，把战利品一口吞下了肚。又一个晚上，杜布与乔和斯匹次打了起来，迫使它放弃了对它们进行应有的惩罚。甚至性情温和的比勒也变得不那么温和了，发起牢骚来也不像从前那样无害。巴克每次走近斯匹次，都是一副咆哮着、毛发悚然的吓人样子。事实上，它的行为举止与恶狗没有什么差别，而且它喜欢在斯匹次的面前大摇大摆地来回走动。

纪律的破坏也影响了狗群之间的关系。它们相互之间争吵的次数越来越多，有时直吵得整个营地一片狂吠喧天。只有戴夫与索莱克斯依然如故，尽管如此，它们也被无休止的争吵弄得心烦意乱。弗朗索瓦骂着奇怪粗野的脏话，在雪地里跺着脚，发着无济于事的怒火，气得直用手扯自己的头发。他的鞭子常常在狗群中噼啪响起，但是丝毫不起作用。他刚一转身，它们又吵开了。他用他的鞭子给斯匹次撑腰，而巴克成了队伍里其他狗的支撑。弗朗索瓦清楚，一切麻烦都是由巴克造成的，而巴克也知道弗朗索瓦清楚这一点。可是巴克聪明绝顶，它在捣乱时再也不会让人发现。它干活时忠实肯干，因为拼命干活已经成了它的快乐。可是，暗中挑起伙伴之间的冲突，使挽具缠绕在一起，是它更大的快乐。

一天晚上，吃过晚饭后，杜布在塔克那河口发现了一只雪兔，但它动作冒冒失失，扑了个空。瞬息之间，全队都拼命嚎叫起来。一百码远的地方是西北警察的营地，有五十条狗，都是爱斯基摩犬，它们也加入进来，一起追赶雪兔。雪兔朝河里飞速跑去，掉头转入一条小溪，跑上小溪冰冻住的河床。它在冰面上轻盈地飞跑，而群狗们奋力追赶。巴克带领着六十只身强力壮的狗，绕过一个个弯，但也没有追上兔子。在苍白暗淡的月光中，巴克压低身子拼命跑着，嘴里发出迫切的低吟，漂亮的身躯一步步跳跃向前，如闪电一般。雪兔像一个苍白的冰雪幽灵在前面闪动。

骚动的古老本能在特定的时候驱使着人类从繁华的都市走进了森林里，走进了草原，为的只是用化学物推进的铅弹去杀害生物，那是一种杀戮欲，一种杀害生物的快感——这些巴克也都拥有，只是更加发自内心。它跑在众狗之前，追捕着野兽，那是鲜活的肉，它要用牙齿亲自将野物杀死，并当着野物的面，在其热血中抹嘴巴。

有一种狂喜，标志着生命的顶峰，除此之外，生命就无法升华。这就是生命的自相矛盾，这种狂喜出现在你最充满生命力的时候，而它出现时会让你彻底忘记自己是有生命的。这种狂喜，这种对生的忽略，出现在艺术家身上时，他会忘情于一片火海，不能自已；出现在士兵身上时，他会在尸体遍地的战场上杀红眼，不愿表现丝毫宽恕；出现在巴克身上时，它带领狗群，发出老狼般的嗥叫，拼命追赶活的食物，而那活物敏捷地在它前面逃跑，穿梭于月光下。它从本性的最深处发出嗥叫，而它本性的最深处比它自身都要深远，其深远的程度一直要追溯到时间的起源之时。它的心中涌现了澎湃的生命，生存的潮汐海浪，它的每块肌肉、每个关节、每个肌腱都充满了极大的欢乐,因为这一切全都与死神无关,它们闪着光彩,充满着生机。这种欢乐体现在行动之中,体现在当巴克欢欣地飞跑在星光下,掠过一动也不动的死寂之物的时候。

可斯匹次即使在极端的情绪下都能保持冷静与缜密。只见它离开大队狗群,抄近路抄过一条隘路,小溪在此拐了一个长长的弯。巴克不知道这一点,当它绕过长弯,雪兔依然在它前面如幽灵般地飞跑,正在这时,只见一个更大的冰雪幽灵从高高的岸上一跃而下,挡住雪兔的去路。是斯匹次!兔子来不及掉头,于是,当白色的牙齿在半空咬断它的背脊的时候,它大声惨叫起来,如一个被打中的人在尖声叫喊。这是生命在死神的魔掌中从顶峰坠落的呐喊!听到这声音,跟在巴克身后那大群的狗一同狂欢雀跃起来。

巴克没有狂叫。它没有克制自己,而是朝着斯匹次冲撞过去,但它用劲太大,只是相互擦到了肩膀,没有撞上对方的咽喉。它们在纷飞的雪地上翻来滚去。斯匹次倒下后马上站了起来,好像没有倒下过,它朝巴克的肩部咬去,然后纵身跳开。它连着两下咬紧了像陷阱钢夹一样的牙齿,身子往后退去,寻找有利的位置,它一边扭动着薄薄的吊嘴唇,一边咆哮。

刹那间,巴克明白了。是时候了。一决生死的时候到了。它们俩嘴里都在低嚎,相互绕着圈子,耳朵耷拉着,警觉地等待有利的时机,巴克觉得这样的场面似曾相识。它仿佛想起了一切——那白色的树林、泥土、月光和战斗的亢奋。阴森可怕的宁静笼罩着这片雪白和沉寂。空气中没有丝毫的声响——没有东西在动,没有一片叶子在颤抖，清晰可见的狗的气息在慢慢地腾升，逗留在寒冷的空气中久久不散。这些狗其实就是一群没有驯服的狼，它们瞬间就把那只雪兔给解决了；而现在它们围成了一个圆圈，带着期盼。它们默不作声，眼睛闪出微弱的光，它们的气息在缓缓地升腾。巴克觉得，这场面，这古老的场面，并不新鲜，也不陌生。这场面似乎是一种司空见惯的场面——亘古不变。

斯匹次是久经沙场的斗士。从斯匹次卑尔根到北极，再穿过加拿大和北美洲荒漠地带，它以狗的种种精神坚持了下来，成功地获得了领导权。虽然脾气火暴，但它从不无缘无故地发火。它怀着撕咬和破坏的激情，但它也决不忘记，敌人同样也有撕咬的激情。它只有在做好能经受冲撞的准备时，才发起冲撞；只有在自己先能顶住攻击时，才发起攻击。

巴克竭力想用牙齿咬住大白狗的颈部，但一切都枉然。无论它伸出犬牙朝对手哪处弱点咬去，都遭到斯匹次的尖牙的反击。尖牙与尖牙猛烈碰撞，嘴唇破了，流出了血，而巴克无法攻破敌人的防卫。于是，它跑起来，将斯匹次包裹在风驰电掣的旋风中。它一次次奋力扑向那雪白的咽喉，生命就在咽喉旁的表皮下面流淌，但是斯匹次每一次都在猛烈回击后逃开。接着，巴克又以对方的咽喉为目标冲过去，然后突然扭头从侧面绕过去，像公羊那样用肩膀朝斯匹次的肩膀撞去，将它撞翻在地。但是每一次，斯匹次都轻松地跳开，反而巴克的肩膀每次都遭到了撕咬。

斯匹次毫发未伤，巴克却已鲜血直流，气喘吁吁。战斗渐渐

变成了殊死的搏斗。而野狼般的狗群围成圆圈,一直在默默地等待着,不论哪条狗倒下,它们都将扑上来一起将它消灭干净。当巴克上气不接下气的时候,斯匹次发起了冲击,使它站立不稳,直打趔趄。有一回,巴克倒了下去,于是六十只狗都跳了起来;但是,它几乎在半空中就调整了过来,于是,狗群又蹲下身继续等待。

不过,巴克拥有一种了不起的品质,那就是想象力。它凭借本能战斗,但是它也能凭借智慧战斗。它向前冲去,似乎在用之前那一套撞肩把戏,但是到最后的瞬间,它压低身子朝雪地上扑去。它的牙齿咬住了斯匹次的左前腿。只听到嘎吱一声,腿骨断了,站在巴克面前的那条白狗只剩下了三条腿。巴克尝试了三次,想把斯匹次击倒,然后重复之前的诡计,咬断了它的右前腿。斯匹次不顾巨大的疼痛与缺腿的不便,拼命坚持不倒下。它看到周围那一圈默不作声的群狗的眼里发着暗淡的光,伸着舌头,它们呼出的白色气息缓缓上升,包围圈朝它收缩过来,就像它过去曾看到的群狗向被打败的对手缩小包围圈那样。只是这一回,被打败的是它自己。

它没有希望了。巴克是无情的。慈悲这东西是为文明的地方准备的。巴克计划着最后一击。狗的包围圈收紧了,巴克的胁腹部感觉到了爱斯基摩犬的气息。它看到这群狗在斯匹次的两侧,半蹲着身子,准备跳蹿起来,眼睛紧盯着它不放。一切好像停止了。每个动物犹如变成了石头,静止不动了。只有斯匹次在来回打趔趄,它浑身发抖,毛发竖直,嗷嗷吼叫着,发出了吓人的威胁,犹如想把即将到来的死神吓跑。巴克扑上去,又跳开来;而它扑上去时,双方的肩膀终于相撞在了一起。斯匹次消失了,黑压压的狗群在洒满月辉的雪地上汇聚成了一个黑点。巴克站在一旁观望,它是胜利的斗士,这只露出原始野性的野兽不仅进行了杀戮,而且从中获得了快乐。

第四章　霸主地位的确立

"瞧，我怎么说来着？我说那个巴克是恶魔中的恶魔，没错吧。"

第二天早晨，弗朗索瓦发现斯匹次不见了，而巴克却浑身是伤时，说了这番话。他把巴克拉到火旁，借着火光，指出了它身上一道道的伤痕。

"那斯匹次打起架来不要命。"佩罗查看着巴克身上一道道撕裂的伤口。

"而巴克拿出了要拼上十条命的架势在打架，"弗朗索瓦回击说，"现在好了，我们日子太平了。没有斯匹次，就没有麻烦了，肯定的。"

当佩罗打点好野营装备，装上雪橇的时候，赶车夫给狗套好了挽具。巴克急步小跑到斯匹次原来当领头犬的位置上，但是弗朗索瓦没有注意到它，却把索莱克斯带到了大家眼红的位置。根据他的判断，索莱克斯是剩下的狗中最合适的领头犬。巴克狂怒地向索莱克斯扑过去，把它赶了回去，自己站到了领头犬的位置。

"哦？哦？"弗朗索瓦兴奋地拍打着自己的大腿，大声喊了起来，"你瞧巴克。它杀了斯匹次，想取代它的工作。"

"滚开，狡猾的家伙！"他大声喊道，但是巴克纹丝不动。

他抓住巴克的脖子，不顾它威胁的怒吼，还是把它拖到一旁，让索莱克斯取代了它的位置。那条老狗对此并不高兴，明显地表示它害怕巴克。弗朗索瓦很顽固，但是他一转过身，巴克就再一次替换了索莱克斯，而索莱克斯也很愿意离开。

弗朗索瓦生气了。"该死的，让我来收拾你！"他一边叫喊，一边拿了一根粗木棒回来。

巴克想起了那个穿红毛衣的男人，于是慢慢地向后退却；当索莱克斯被再次带到领头的位置上时，它也没有冲上去。它只是在棍棒打不到的地方绕圈子，怀着憎恨与愤怒咆哮着。它一边转圈，一边留意着那根棍棒，万一弗朗索瓦甩出棍棒，它就可以躲开，因为关于棍棒的法则，它已经摸得很透了。

赶车夫于是继续忙活，他招呼着巴克，准备把它安排在戴夫前面的老位置上。巴克向后倒退了两三步。弗朗索瓦走近他，它却再次向后退却。他们就这样僵持了好一会儿，弗朗索瓦想到巴克是害怕挨打，便扔掉了木棒。可是，巴克是在进行公然的反抗。它不是为了逃避一场棒打，而是为了拥有领头权。按理说，这领头权应该属于它。这种权力是它自己赢得的，没有领头权，它是不会满足的。

佩罗也来帮忙了。他俩轮流追赶它，足足追了大半个小时。他们朝它掷棍棒，它躲开。他们咒骂它，甚至连它的祖宗十八代、它的子子孙孙千秋万代以及它身上的每一根毛发、血管里的每一滴血液全部都骂了进去；而它只管嚎叫来回答他们的咒骂，一边继续躲着他们。它没想逃跑，只是不断绕着营地后退，明白无误地表明，只有在它的愿望得到满足的时候，它才会乐意归队，乖乖地干活。

弗朗索瓦坐了下来，搔着头皮。佩罗看看手表，骂起了娘来。时间在飞逝，他们本该在一个小时前就上路了。弗朗索瓦又一次搔起了头皮。他摇了摇头，不好意思地向信使咧嘴笑笑，信使耸耸肩，表示认输了。于是，弗朗索瓦走到索莱克斯站着的地方，招呼着巴克。巴克笑了起来，用狗的方式，但它还是不敢靠近。弗朗索瓦松开索莱克斯的挽具，让它回到了它的老位置上。整个狗队戴着拖雪橇的挽具，一个挨一个地排成整齐的队列，准备上路。除了领头的位置以外，中间没有巴克的空位。弗朗索瓦又招呼了一次，而巴克只是笑着，并没有靠近。

"把棍棒扔掉。"佩罗用命令的口气说。

弗朗索瓦照办了，于是，巴克带着胜利的笑容，一溜小跑地加入到队列里，掉转身子站在了队首的位置上。他们给它固定好挽具后，雪橇便出发了。狗儿们飞一般地冲出去，冲到河道上，两个男人在旁边飞跑。

尽管赶车夫曾说巴克是恶魔中的恶魔，但是在这天天色还早的时候，他却发现自己其实低估了它。巴克纵然一跳，毅然承担起领导的职责；而且在判断、迅速思考与快速反应方面，它表现得非常出色，甚至比斯匹次还要出色，而弗朗索瓦以前从没有看到过，有哪条狗是可以与斯匹次相媲美的。

在制定法则并强迫伙伴遵守法则方面，巴克比斯匹次更出色。戴夫和索莱克斯对领导者的变动并不在意。这不关它们的事。它们关心的就是干活，戴着挽具使劲地干活。只要不妨碍干活，它们什么都不在意，管它出什么事。就算是性情温和的比勒领头也可以，只要它能掌控好局面。不过，在斯匹次领头的最后几天里，队里其余的狗已变得很难驾驭，而当巴克上前舔舔它们，让它们站好队的时候，它们十分吃惊。

派克的位置就在巴克的身后，它不在万不得已的时候是决不愿意多使出一丁点的力气的，于是它立即因偷懒而不断受到惩罚。因此，在第一天结束之前，它使足了有生以来最大的力气拉车。第一个晚上，在扎营的时候，坏脾气的乔受到了狠狠的惩罚（这是斯匹次从没有办到的事）。巴克仅仅凭借自己的体重优势就压住了它，使它透不过气来，直压得它嚎不出声，开始求饶为止。

全队的情绪立即振作起来，恢复了以往的团结一致。在挽具下拖物时，它们步调一致得就如一条狗一样。在林克湍流，队伍里又增加了两条当地爱斯基摩犬，提克与柯纳；巴克迅速使它们融入了这个队伍，这一点让弗朗索瓦惊得目瞪口呆。

"从没见过像巴克这样的狗！"他惊道，"从没见过！它肯定价值连城！嗯？佩罗，你说呢？"

佩罗点点头。他已经打破了纪录，而且速度在一天天地提高。

道路状况良好，又结实又坚硬，而且没有下雪，不必耗费多余的力气。天气不是太冷。温度降至零下五十摄氏度后，一路上就没有再下降。两个男人相互轮换着驾车与跑步，狗儿们始终在飞跑，只是偶尔停车休息。

三十里河上冰雪覆盖，他们来时花了十天时间，而这次返回只用了一天。他们曾一口气跑了六十英里的路，从勒巴吉湖的脚下一直跑到了白马湍流。穿过马什、塔吉什和本尼特（长约七十英里的湖泊地区）时，狗儿们飞驰向前，使得跑着的男人拉着绳子末梢在雪橇后面被拖着走。而且在第二个星期的最后一个晚上，他们越过了高高的怀特山道，奔向海边的斜岸，脚下是斯卡圭及航船的灯光。

这一程创了纪录。两周里，他们平均每天走四十英里的路。在斯卡圭的三天里，佩罗与弗朗索瓦昂首阔步地行走在大街上，人们纷纷请他们一块儿喝酒，同时，狗队也不时成为焦点，大批喜欢与狗相处的人向狗儿们投来了敬佩的目光。直到后来，三四个西部来的坏家伙决心洗劫这个镇子，最后只落得个浑身中弹、被打成筛子眼的痛苦下场，公众的兴趣这才转移开。这时政府的命令下来了。弗朗索瓦把巴克叫到跟前，用双臂搂着它，哭了起来。此后，巴克就再也没有见过弗朗索瓦和佩罗。他们就像其他的人一样，从巴克的生活中永远消失了。

一个苏格兰混血儿接管了巴克和它的伙伴们，于是它与其他十多支狗队一起，开始了返回道森的艰辛旅程。现在它们身后拖着沉重的物品，每天都在艰苦地工作，不能轻松地飞跑，也跑不出创纪录的速度。因为这是一趟邮车，它把世界各地的消息带给在北极附近找金子的人们。

巴克并不喜欢这活儿，但是它勤勤恳恳地工作，如戴夫和索莱克斯那样，充满着对工作的骄傲，而且不管它的伙伴是否为这样的劳作感到骄傲，它都确保它们能尽自己的本分。这种生活过得像机器一般有规律，但单调乏味。日复一日，大同小异，没有什么区别。每天早晨同一时间，厨子起身，生火，然后大家吃早饭。然后，拔营的拔营，套狗的套狗，在黑暗散尽、黎明到来前一小时左右的时候，他们就已经上路了。晚上便是扎营。于是，搭帐篷的搭帐篷，砍柴火的砍柴火，有的劈松树枝搭床，有的给厨子打水或找冰，并且喂狗。对于狗儿们来说，这是一天里最愉快的时候，吃过鱼后，它们可以四处闲逛，与其他伙伴待在一起，总共有五十多只狗，其中不乏凶猛的斗士。但是，在与其中最凶猛的那只进行了三场较量后，巴克被推到了领袖的地位。因此，当它竖起毛发，露出牙齿的时候，别的狗都躲得远远的。

也许，巴克最喜欢的事莫过于躺在火边，后腿缩在身子底下，前腿向前伸出，仰着头，眼睛出神地朝着火苗眨巴。有时，它会想起在洒满阳光的圣克拉拉峡谷的米勒法官家的大房子，想起那个水泥游泳池，想起墨西哥无毛犬伊莎贝尔，想起日本哈巴狗嘟嘟；但是更多的时候，它会想起那个穿红毛衣的男人，想起柯利，想起它与斯匹次的恶战，想起它所吃过的或者想吃的好东西。它并不是患了思乡病。那个阳光之乡已非常模糊和遥远,而且这样的回忆对它没有什么影响。而对它有着强烈影响的是遗传所赋予它的各种各样的记忆,这些记忆使它对前所未见的事物产生了一种似曾相识的感觉;远古甚至是近来消失的这种本能(祖先的记忆变成了习惯,也就成了本能),现在却迅速显现在它的身上,再一次复活了。

有时,它蹲在那里,眼睛出神地眨着,看着火焰,好像这堆火就是另一堆火,似乎当它蹲在那另一堆火旁边的时候,它从眼前这个混血厨子身上看到了另一个不同的人。这个不同的人腿短臂长,肌肉不只鼓鼓地隆起,而且结实坚硬。这人的头发长而蓬乱,眼睛以上的头部向后倾斜。他发出奇怪的声音,看上去很害怕黑暗,他不断地朝黑暗处窥视,垂至膝与脚之间的手紧紧抓住一根棍子,一块大石头固定在棍子的一头。他几乎赤身裸体,一块破破烂烂的而且烧焦的毛皮披在他的背上。他的身体上长着很多的毛发。有的地方,如胸部和肩头、手臂与大腿的外侧,几乎长满了浓密的软毛。他不是笔直地站立在那儿,而是臀部以上的身躯往前倾斜,膝盖弯曲。他的身体特别轻盈,或者说很富有弹性,几乎像猫一样,他机敏警觉,似乎始终生活在对已知与未知事物的恐惧之中。

有时,这个毛茸茸的人蹲坐在篝火旁,头放在双腿中间睡觉。有时,他将手肘撑在膝盖上,双手抱着头,似乎想用毛茸茸的手臂挡风避雨。在周围一片漆黑中,巴克透过眼前的火堆能看到许多闪着微光的火,两个在一起,始终是两个在一起,它知道,那是巨大的觅食野兽的眼睛。它能听到它们通过树林时身体折压树枝的声

音，还有它们在夜间发出的嘈杂声。当它迷迷糊糊地蹲在育空河岸附近，眼睛懒洋洋地眨巴眨巴地看着火堆时，另一个世界的声音与景象使得它背上的毛发竖立，甚至肩上及脖子上的毛发也都竖了起来，它吓得低声呜咽，轻声哀嚎起来。这时，混血厨子朝它喊起来："嗨，巴克，醒醒！"另一个世界顿时消失，眼前的现实世界便会进入它的眼帘，于是它打着呵欠，伸展四肢起身，好像是睡了一觉。

这趟旅程异常艰辛，狗儿们拖着沉重的邮件，繁重的活儿使它们疲惫不堪。当它们到达道森时，体重全都减轻了，身体状况也都很差，至少需要休息一周或十天时间。但是两天后，它们又从巴勒克斯出发前往育空河，满载着外面寄来的书信。所有的狗都很疲乏，赶车夫满嘴是牢骚。更倒霉的是，天天都在下雪，所以道路松软难行，雪橇滑板的阻力加大，狗儿们的负担也就更加沉重了。还好，赶车夫心肠不坏，全力以赴地关照狗儿们。

每天晚上，赶车夫们总是先照顾狗。让狗先吃饭，然后他们再吃，并且他们个个都先查看完自己负责的狗儿的脚掌后才找睡袋睡觉。尽管如此，狗的体质仍在下降。从冬天开始以来，它们已行进了一千八百英里的路，而且全程始终拖着雪橇，即使是最顽强的生命，一千八百英里的路程也会对它造成极大的影响。巴克虽然也非常疲劳，但它挺住了，并督促着伙伴们好好干活，维持着纪律。每天夜里，比勒都在睡梦中又哭又喊。乔的脾气比任何时候都糟糕，索莱克斯变得无法接近，不论是它瞎眼的一侧还是另一侧，都不行。

最遭罪的莫过于戴夫了。它的身体出了毛病，变得更加乖僻，动辄发怒，而且一扎好营，马上就去做窝，它的车夫只好在它的窝里给它吃饭。它一卸下挽套，蹲下身子，就再也起不了身，一直要到早晨套车时才起来。有时，雪橇突然停止，挽具被猛然拉扯了一下，或者在要使劲启程时，它都会痛苦地大喊大叫。车夫仔细察看了它一番，没能发现什么。所有的车夫都非常关心它的情况。他们在吃饭时议论着它，在上床睡觉前吸最后一根烟的时候还在谈论着它。一天晚上，他们针对它的情况进行了商议，把它从巢穴带到火旁，对它又是挤压又是刺捅，使它不停地喊叫。是它的身体出了问题，但是他们又无法找到哪里骨头断了，查不出问题的根源。

当他们到达卡斯尔的时候，它已极度虚弱，戴着挽套时会不时地摔倒。苏格兰混血儿呼令车队停下，把它牵出车队，让后面的索莱克斯紧跟上来。他是想让戴夫跟在雪橇后面空跑，不用拖车。然而，戴夫虽然病得很重，却不愿离开车队，当挽具从它身上被解下来时，它不满地咕哝低吼起来，看到它长久以来干活的位置被索莱克斯替代的时候，它竟伤心地哀嚎起来。因为这种戴着挽具拉雪橇的骄傲是属于它的，即使病死，它也无法忍受被另一条狗取代工作的屈辱。

雪橇起动了，戴夫走在硬雪道旁松软的雪地里，挣扎着去咬索莱克斯，朝索莱克斯冲过去，拼命想把它挤出去，挤到路另一侧的雪地里。它试图跳进挽具里，插到索莱克斯与雪橇中间，同时嘴里呜呜地又哭又叫，声音里充满了忧伤和痛苦。混血儿想用鞭子把它赶开，但它对钻心刺骨的鞭打毫不在意，而混血儿也不忍心重重地抽打它。虽然走在雪橇后面行动方便多了，但戴夫不愿安静地跟在后面走，它依旧还是在行动极其艰难的路侧的软雪里挣扎，直至挣扎得筋疲力尽。于是它倒下了，躺在倒下的地方悲惨地嚎叫，长长的雪橇车队在它身旁热闹地驶过。

它用最后一点残剩的力气蹒跚地跟在后面，于是车队又停了下来，它挣扎着从别的雪橇旁经过，来到自己原来的雪橇旁，站在了索莱克斯的旁边。它的车夫停顿了一下，到后面的人那儿借个火，点他的烟斗。接着他回来赶他的狗队。狗儿们向前走时感觉毫不费力，于是不安地回头想看个究竟。一看，它们大吃了一惊，停了下来。车夫也吃惊不小：雪橇并没有在向前移动。他喊伙伴们一同来看眼前的情景。原来戴夫已将索莱克斯的两根挽绳都咬断了，这时正站在雪橇前它自己原来的位置上。

它眼里流露出恳求的神色。车夫不知所措。他的伙伴们说，如果剥夺一条狗继续干它曾为之累死累活的工作的权利，它会伤心欲绝。他们回忆起自己知道的一些例子，比如有的狗因为年老体弱，干不动活了，或者受了伤，不能干活了，最后因为被剥夺了干活的权利而死去。因此他们认为，既然戴夫也快要死了，让它在工作时心安理得、心满意足地死去，那便是一种仁慈了。于是他们重新给它套上挽绳。尽管体内的伤痛强烈地刺激着它，令它不止一次禁不住大叫起来，但是它还是像先前一样，骄傲地拉着雪橇。它好几次跌倒，被雪橇拖着走，有一次甚至被雪橇车撞倒在地，一条后腿就这样瘸了。

但它一直坚持走到了扎营地，车夫给它在火堆旁安了个窝。次日早上，它已经虚弱得无法再行走。在套挽具的时候，它拼命爬到车夫脚旁，颤抖着身子，拼命打着趔趄站起来，然后又倒下了。它缓慢地向前朝着伙伴们正在套绳索的地方爬去。它抬起前腿，趁势将身体拖向前，然后再提起前腿，再往前拖几英寸。最后，它的力气耗尽了，它的伙伴们最后看到它时，它正躺在雪地上，一面喘气，一面恋恋不舍地望着它们。直到走过了河边树林，它们依然还能听到它忧伤的长嚎。

这时，雪橇车队停住了。苏格兰混血儿慢慢地折回身，走向他们刚离开的营地。男人们停止了说话，只听左轮手枪的一声枪响，混血儿快步回来了。鞭子噼噼啪啪地响，铃当叮叮当当地敲，雪橇沿着小路咕隆隆地向前行驶。巴克明白，所有狗儿们都明白，河那边的树林后面刚发生了什么事。

第五章　雪橇之旅的艰辛

盐水城的邮橇，自离开道森以来，历时三十天之久，终于到达了斯卡圭。巴克与它的伙伴始终在前面拉着邮橇。到达时，巴克和伙伴们的身体状况糟糕透了。它们疲惫不堪，极度消瘦。巴克一百四十磅的体重已逐渐减到了一百一十五磅。相较而言，体重比它轻的狗，掉的体重比它还要多。一辈子都习惯装病开小差的派克经常能成功假装哪条腿受伤，而现在走起路来却真正是一瘸一拐的了。索莱克斯走起来也是步履蹒跚，杜布因肩胛扭伤而疼痛难忍。

它们的脚大多严重受伤，没有半点儿的弹跳力和回弹劲了。脚掌重重地落到路上，刺痛着它们的身体，使它们倍感旅途的疲惫艰辛。它们并没有患什么重病，只是过度疲劳而已。那不是短期的劳累所引起的过度疲劳，也不是几个小时便能恢复的过度疲劳，而是日积月累的辛劳和长期的体力透支而造成的过度疲劳。它们甚至连恢复的体力都没有剩下，体内已没有储备力量可供调用。所有的气力都耗尽了，连最后一点力气都没有了。每一块肌肉、每一根神经、每一个细胞都疲劳不堪,疲劳至极!这也是情理之中的事。在五个月不到的时间里,它们已经行进了二千五百英里,而且在最后的一千八百英里的旅途中,它们只休息了五天时间。当它们到达斯卡圭的时候,显然是精疲力竭了。它们几乎无力拉紧挽绳,于是在下坡的时候,尽量躲着雪橇,避免让雪橇压住。

"走吧,可怜的瘸腿们。"它们摇摇晃晃地走在斯卡圭的大街上,车夫催促着它们,"马上就到了。然后,我们要好好地休息。好吗?当然,要好好地、长长地休息一下。"

车夫们自信这次能休息较长一段时间。他们自己也奔波了一千二百英里,中间只休息了两天,因此不论是从理论上说,还是从常理来看,他们都该有一段放松的日子了。然而,许多男人赶到了克朗代克,把他们的情人、妻子及儿女留下了,于是邮件便堆积如山;同时,还有官方的公文。一批批新送来的哈得孙湾狗将取代那些无法拉雪橇的狗。无法干活的狗就不能留下。与美元相比,狗是无足轻重的,因此它们会被卖掉。

三天过去了。这时,巴克与伙伴们才感到自己真的已是万分疲劳与虚弱。第四天早晨,来了两个美国人,把它们连同挽具及所有装备一起以相当便宜的价格买走了。那两个人用"哈尔"和"查尔斯"互相称呼。查尔斯是个中年人,肤色浅淡,眼睛潮湿无力,小胡子剧烈地抽动着。在胡子的映衬之下,下面的嘴唇显

得松弛下垂。哈尔是个十九或二十岁的年轻人，腰间的皮带上插着一支大号柯尔特左轮手枪和一把猎刀，皮带上还挂满了子弹。这根皮带是他身上最显眼的地方。它体现出了他的不成熟——一种十足的不成熟，不成熟得无法形容。两个男人显然与周围的一切格格不入。像他们这样的人，为什么要到北方去冒险呢？这正是世上万物的神秘之处，颇令人费解。

听到那个人和政府代理之间在讨价还价，并看到他们之间钱来钱往，巴克便知道，苏格兰混血儿及押送邮件的车夫们，将和佩罗与弗朗索瓦以及之前那些人一样，从它的生活中消失。当与伙伴们一同被赶到新主人的驻地时，巴克看到了一副邋遢懒散的情景。帐篷只撑起了一半，盘子没洗，一切都是乱七八糟的。另外，它还看见一个女人。两个男人叫她"梅塞德丝"。她是查尔斯的妻子，哈尔的姐姐——一个家庭小团队。

他们开始拆帐篷，装雪橇，而巴克不安地看着他们。他们花了九牛二虎之力，但是干起活来没有技巧，不像干活的样子。帐篷卷得很难看，比理应卷成的样子大了两倍。锡盘洗也没洗就打了包。看到男人们干活的样子，梅塞德丝焦急地来回折腾，不停地唠叨，一会儿反对，一会儿建议。当他们把衣服袋放在雪橇前面的时候，她建议说应该放在后面；当他们把它放在后面，并用其他一些行李压住后，她发现先前被疏忽的东西没有其他地方可放了，只能放在那个袋子中，于是他们再一次把那个袋子卸下来。

邻近帐篷里走出三个男人,他们一边观望,一边张嘴大笑起来,还相互眨了眨眼睛。

"你们运的东西真不少,"他们之中一人说道,"虽然不用我管闲事,但如果换了我,我就不会拖着帐篷一块儿上路。"

"亏你想得出来!"梅塞德丝大声说道,她故作沮丧地向上伸了伸双手,动作很漂亮。"没有帐篷我该怎么办?"

"已经是春天了,不会再出现寒冷天气。"那男人答道。

她果断地摇了摇头,而查尔斯和哈尔把最后一些乱七八糟的东西放到堆得小山一样高的物品上面。

"你们觉得拖得动吗?"其中一个男人问。

"怎么就拖不动?"查尔斯话不多,但语气很生硬。

"哦,行,行,"这男人马上好声好气地说,"我只是心里在犯疑惑,仅此而已。好像是有那么一丁点儿头重脚轻。"

查尔斯转过身子,尽量收紧捆扎的绳索,结果却一点也没收紧。

"狗儿们是要整天飞奔的,身后还套着这稀罕的玩意儿。"第二个男人肯定地说。

"当然。"哈尔带着冷冰冰的口气说道,他一只手抓住方向杆,另一只手挥动着鞭子。"走!"他喊道,"向前走!"

狗儿们顶起胸索跳起身,拼命使了一阵劲,接着松了下来。它们无法拖动雪橇。

"懒惰的畜生,我来给它们点颜色看看。"他大声喊道,准备用鞭子抽它们。

但梅塞德丝喊了声"哈尔,不要打"加以制止,她抓住鞭子,并从他手里抢过来。"可怜的宝贝!你必须保证,在路上你不对它们动粗,否则,我就一步都不走了。"

"你还很善解狗意啊,"她兄弟讥诮她说,"但是你最好别管我的事。告诉你吧,它们就是在偷懒,它们必须得吃了鞭子才会老老实实干活。它们就是这个样子。谁不知道这一点?你去问问那些人。"

梅塞德丝恳求地看着那些人,她那张漂亮的脸上写满了害怕看到狗受苦的表情。

"它们很虚弱,如果你们想知道究竟的话,"他们中有一个答话说,"它们只是已经精疲力竭,事情就这么简单。它们需要休息。"

"想休息,那是扯淡。"哈尔扭动着没长胡须的嘴唇说道。梅塞德丝听到这句粗话,"唉"了一声,她感到又伤心又痛苦。

然而,她是家族观念极强的人,又马上过来维护她的弟弟。"别管那个人说什么,"她尖刻地说,"你赶的是我们的狗,你认为怎么合适就怎么做。"

哈尔的鞭子再一次落到了狗的身上。狗儿们全身心地顶住胸索,脚扎入坚硬的雪地里,身子朝着雪地压下去,使出了它们全部的力气。雪橇如铁锚似的一动也不动。经过两个回合后,它们站定身子，拼命喘气。鞭子残忍地呼呼乱响，梅塞德丝再次进行干涉。她在巴克面前脆了下来，双眼噙着泪水，双臂搂住了它的脖子。

"你们这些怪可怜、怪可怜的宝贝，"她心疼地哭了起来，"你为什么不拼命拉呀？那样，你就不会挨打了。"巴克并不喜欢她，但是它太难受了，无法反抗她，在它看来，这也是这天痛苦劳役的一部分。

有个旁观者一直咬紧牙齿，以免冒出难以入耳的话语，现在再也忍不住，开口说话了：

"我不在乎你们会弄成什么样子，但为了这些狗，我要告诉你们，如果你们扳动一下雪橇，就能帮它们很大忙了。滑板被死死地冻住了。压住方向杆，左右晃动下，然后扳动雪橇。"

于是哈尔开始了第三次的尝试，这次他听从了劝告，将冻住的滑板拉动了。笨重的超载雪橇向前行去，巴克与伙伴们在雨点般的鞭子下疯狂地挣扎。道路在前面百码远的地方转了弯，路面向大街陡峭地斜倾下去。一个经验丰富的人可以确保头重脚轻的雪橇不翻，但哈尔不是这样的人。当它们转弯的时候，雪橇翻了，松弛的绳索散了，大半的东西都摔了出来。狗一直在跑，没有停下。减轻了重量的雪橇横着身子在它们身后跳跃。它们气愤至极，因为它们受到了虐待，也因为它们的负载太重了。巴克气得发狂。它狂跑起来，整个狗队都跟在它的后面猛跑。哈尔喊道："停下！停下！"但是它们毫无反应。他绊了一下，跌倒了。

翻倒的雪橇从他身上碾了过去,狗群朝街上拼命跑去。它们向斯卡圭的主道一路奔去,剩余的装备撒了一路,这给街上的人们带来了极大的欢乐。

　　心地善良的市民抓住了狗,把撒得满地的物品捡到一起。另外,他们也提出了建议。他们说,如果他们真打算到道森去,那么,装载的负担要减半,狗的数量要加倍。哈尔和他的姐姐及姐夫一边爱搭不理地听着,一边搭着帐篷,仔细检查装备。他们清理出了罐装食品,人们看了哈哈大笑,因为在长途跋涉中使用罐装商品

是一件异想天开的事。"毛毯多得够开一个旅馆了,"一个男人说道,他边笑边帮着忙,"纸袋留一半都太多了,把它们处理掉,把那个帐篷扔掉,把所有的盘子都扔了——再说谁来洗它们?天哪,你们以为这是在乘坐豪华列车吧?"

于是，多余的物品就毫不留情地被扔掉了。当他们把梅塞德丝的衣服包倒在地上，将其中的衣物一件件扔掉的时候，她哭了。她常常哭泣，尤其看到每一件要扔掉的东西时，哭得更起劲了。她双手抱着膝盖，伤心欲绝地前仰后摆。她毅然决然地说，她再也不走了，就是有几十个查尔斯也不去了。她向每个人、向一切求助呼吁，可是到后来，她却擦干泪水，把必需的衣服也扔掉了，并且她越扔越起劲，扔完她自己的东西后，开始扔两个男人的物品，像龙卷风一样把他们的物品一扫而光。

虽然丢了一半装备，却还剩下吓人的一大堆。查尔斯和哈尔夜晚出去，又买回了六条外地狗。这六条，再加上原来的六条，还有在创历史纪录的旅途中在林克湍流增加的两条爱斯基摩犬提克与柯纳，整个狗队的数目达到了十四条。虽然这些外来的狗从到达的时刻起就开始受到训练，但是派不上什么大用场。其中三条是短毛猎犬，一条是纽芬兰犬，另两条是血统不明的杂种狗。这些新来的狗好像什么都不懂。巴克和伙伴们看着它们，心中感到厌恶，尽管它马上教会它们明白自己的岗位以及不该做的事情，但是它教不会它们应该做的事。它们并不诚心诚意地想干拖雪橇的活儿。除了两只杂种狗之外，它们都对自己所处的陌生野蛮的环境以及所受到的虐待感到不知所措，心情沮丧。两条杂种狗没有一点儿精神，它们身上唯一没有被摧毁的，就是那一身的骨头。

新来的狗不中用，毫无希望，而老狗们经过连续不断的两千五百英里的跋涉后疲惫不堪，前景不容乐观，甚至一片黑暗。但

是那两个男人的心情却相当愉快。他们也很骄傲。他们有十四条狗,相当有派头。他们看见了其他雪橇越过山口朝道森进发,也看到了从道森来的雪橇,但是没有哪一架是用十四条狗拉的。这是由于北极地区旅行的特点所致。为什么不该让十四条狗拉一架雪橇?那是因为一架雪橇没法携带十四条狗的食物。但是,查尔斯和哈尔不知道这一点。他们曾用铅笔为这次旅行仔细筹划过,一条狗吃多少,有多少条狗,共需多少天,计算完毕。梅塞德丝在他们后面看看,明了地点点头——这很简单嘛。

第二天上午晚些时候,巴克带领着长长的队伍走上了街头。队伍没有半点儿生气,在它及伙伴们的身上既没有活力也没有精神。它们在身心极度疲倦中出发了。从盐水城到道森的路已经走了四次,巴克现在处在疲劳与亏乏的状态,可又一次面临着同样的旅途,这一点使它心里倍感苦涩。它的心思不在干活上,其他狗也一样。新来的狗胆小、害怕,而队伍里原来的狗对它们的主人缺乏信心。

巴克隐约感到,这两个男人和这个女人是靠不住的。他们做事不讲究方法,而且也学不会。日子一天天地过去,这一点越来越明显了。他们在所有事情上都闲散松垮,缺乏秩序感或纪律性。他们会花上半个晚上的时间,搭一个懒散的营房,用整整半个上午的时间进行拔营、装雪橇。他们做起事来很草率,因此拔营这一天的其他时间里,他们不得不走走停停,重新装载物品。有几天,他们连十英里路都走不了。还有几天,他们压根儿就没法动身。没有哪一天，他们能成功地走完那两个男人所预计距离的一半以上，而这个预计距离是他们用于计算狗食的基础。

狗的食物会短缺，这是不可避免的了。但他们却给狗超量进食，这加速了食物短缺局面的到来。外来狗的消化能力没有经过长期饥饿的锻炼，无法充分压榨出食物中的营养，因而有着如狼似虎的食欲。当看到疲竭的爱斯基摩犬虚弱无力地拉车时，哈尔断定是原来的定量太少，于是把定量翻了倍。更糟的是，当梅塞德丝的漂亮眼睛里含着泪水，咽喉里带着颤音，还不能诱惑他再多给狗吃一点的时候，她便悄悄从鱼袋里偷鱼给它们吃。然而，巴克和爱斯基摩犬需要的不是吃东西，而是休息。并且，虽然它们行进速度缓慢，但是它们所拉的重负已经使它们的气力严重衰竭。

接着，吃不饱的日子到来了。有一天，哈尔终于意识到，他的狗食已经耗去了一半，而路程才走了四分之一，而且无论是花钱还是人情都搞不到额外的狗食。于是，他一方面减少了原来的定量，另一方面努力增加每天的行程。他的姐姐和姐夫也支持他的做法。但沉重的装备和他们的无能令事与愿违。给狗少吃很容易，但是要让狗跑快，就做不到了。他们自己都做不到早点起床，早点做好准备上路，也就无法花更多的时间在路上。他们非但不知道如何使狗干活，甚至连自己该怎样干活也不懂。

第一条倒下的狗是杜布。它是个可怜的笨拙的小偷，偷盗时常常被捉住，遭到惩罚，尽管如此，它干起活来却忠心耿耿。它在肩胛扭伤后没有得到治疗与休息，病情愈来愈重，直到最后，哈尔用柯尔特左轮手枪将它打死了。当地有一句俗语,说外来狗只吃爱斯基摩犬的那点食量会饿死,而巴克手下那六条外来狗只能吃到爱斯基摩犬定量的一半,也就只有死路一条了。纽芬兰犬先死,接着是那三条短毛猎犬,那两条杂种狗顽强挣扎了几天,但最终还是死了。

到这个时候,属于南方大地的彬彬有礼与温文尔雅都已从那三个人身上消失了。北极之旅在失去了其魅力和浪漫色彩后,在他们眼里,已成了残酷无情的现实。不论是男人还是女人,都难以承受这种残酷。梅塞德丝不再抱着狗哭泣,而是整天暗自流泪,或者就和她的丈夫和兄弟吵架。争吵是一件使他们永不感到疲倦的事。他们的坏脾气源于他们的苦恼,随着苦恼增加,脾气也就愈加糟糕,苦恼越大,脾气就加倍地坏,坏到将苦恼都抛在了脑后的程度。那种长途跋涉中所体现出的坚忍不拔的精神,那种拼命苦干、不怕痛苦并保持和颜悦色、待人和善的状态,没有出现在那两个男人与那个女人的身上。他们身上连这些东西的影子都找不到。他们浑身僵硬,痛苦不堪;肌肉在作痛,骨头在作痛,他们的心也在作痛。正因为如此,他们说话刻薄刺耳,从早晨张开嘴巴,就是刺耳的话,一直持续到晚上说的最后一句话。

无论什么时候,只要梅塞德丝给他们机会,查尔斯和哈尔就争吵不休。他们两人都坚信,自己干了分外的活儿,而且一有机会,他们都毫不回避将这种话讲出来。梅塞德丝有时站在她丈夫的一边,有时站在她弟弟的一边。其结果就是一场无休止的家庭内部

经典 看得见　　*Illustrated Classics*

湖南文艺出版社

THE CALL OF THE WILD

Illustrations © Victor Ambrus

经 典　看 得 见　　*Illustrated Classics*

THE CALL OF THE WILD

Illustrations © Victor Ambrus

经典　看得见

Illustrated Classics

湖南文艺出版社

THE CALL OF THE WILD

Illustrations © Victor Ambrus

经　典　看　得　见　　*Illustrated Classics*

THE CALL OF THE WILD

Illustrations © Victor Ambrus

争吵。争吵的原因就是谁应该去为火堆砍几根柴火，而这样一场争吵（一场只涉及查尔斯与哈尔的争吵）马上会扯上家里的其他人，扯上好几千英里远的亲属，父亲、母亲、叔父、堂兄弟等，其中一些早已死了。哈尔的艺术观点或者他舅舅曾写过的那种社会剧竟然跟砍几根柴火扯上了关系，实在令人费解。然而，争吵既可能朝着这样的方向蔓延，也有可能朝着查尔斯的政治偏见的方向发展。谈到查尔斯妹妹那张惹是生非的嘴巴应该与育空地区的一簇营火有关系，这显然只有梅塞德丝这么认为，她对这个话题大作了一番文章，顺便对她丈夫家庭不幸拥有的其他一些特点都借题发挥了一通，使她自己分外畅快。在此期间，没人生火，营房只搭了一半，狗也没人喂。

　　梅塞德丝觉得自己特别委屈——身为女人的委屈。她漂亮，温柔，始终被男人们以骑士般的风度对待。可是，目前她丈夫及弟弟对待她的态度没有半点骑士风度。无能为力成了她的习惯。他们却对此大发抱怨。他们所指责的，是她最基本的性别特权。而这一点却使得他们无法忍受。她不再为狗考虑了，坚持要坐雪橇，因为她筋骨酸痛，疲惫不堪。她是漂亮温柔，但体重却有一百二十磅——对这群身体虚弱又挨着饿的动物来说真是雪上加霜。她坐了几天雪橇，直到狗儿们半途倒下，雪橇停下一动也不动为止。查尔斯和哈尔恳求她从雪橇上下来步行，他们乞求她，央求她，而她则流着泪，把他们的种种残忍对着上苍好好诉说了一通。

　　有一次，他们动用蛮力，硬将她从雪橇上抱了下来。不过他们以后再没有做过类似的事。当时她像一个被惯坏的孩子,双腿一软,一屁股坐在路上。他们只管继续赶路,而她仍坐着不动。在走了三英里之后,他们卸了雪橇上的行李,返回来接她,又凭借蛮力把她抱回到雪橇上。

在他们自己极度痛苦时,他们却对动物的痛苦漠然视之。哈尔的理论是,人必须变得心狠手辣。他在别人身上实践过这个理论。一开始,他把这个理论灌输给他的姐姐和姐夫,但没成功,他就用棍棒将这个理论捶入狗的肌肤里。在五指城,狗食吃完了,一个没牙的印第安老太太用几磅冻马皮换了那支挂在哈尔屁股上、与那把大猎刀挂在一起的柯尔特枪。这种马皮是非常糟糕的代食品,它好像是六个月前从牧马人饿死的马身上剥来的。马皮冻得硬邦邦的,吃起来就像是白铁条,狗使劲将它吞入胃里,它化成细细的、没有营养的皮条及一团团短毛发,吃了既难受又不消化。

这期间,巴克依然蹒跚地走在队伍的最前头,感觉如在噩梦中一般。能拉时尽力拉,拉不动便倒在地上,躺在那里一动不动,直到鞭子或棍棒落到身上,赶着它再次站起来。它那身漂亮的毛皮已失去其应有的硬度及光泽,无力地倒伏着,邋里邋遢的,在遭哈尔棍棒打伤的地方,与干了的血缠结了起来。它的肌肉消瘦成一根根缠结的筋,已经看不到肉了,透过松弛的外皮,每根肋骨乃至每根骨头都轮廓分明。见之叫人心碎,只是巴克的心是坚不可摧的。穿红毛衣的那个人已经证实了这一点。

巴克如此,它的伙伴们的状况也相差无几。它们一个个都成了游动的骨架。包括巴克在内，现在总共剩七条狗。它们都处在痛苦的深渊中，对鞭子抽打的刺骨疼痛及棍棒打出的青肿已毫无感觉。身上的疼痛变得隐隐约约，不怎么感觉得到，正如它们眼中所见、耳中所闻的东西好像都变得隐隐约约和虚无缥缈那样。它们半点活力都没有，或者说是一点活力都没有了。它们成了仅仅包着骨头的皮囊，其中闪烁着微弱的生命火花。停下来的时候，它们像死狗一般，连挽具也不脱就瘫倒了，生命火花变得暗淡、苍白，仿佛要熄灭了一样。当棍棒或鞭子落到它们身上的时候，火花无力地闪了起来，于是它们跌跌撞撞地站起身，摇摇晃晃地向前走。

终于有一天，性情温和的比勒倒下了，没有站起来。哈尔已将他的左轮手枪卖了，所以他只好拿起斧子，在比勒的身子还套着绳索的时候，就往它头上砸去，接着将套索弄断，把比勒的尸体拖到了一边。巴克目睹了这一切，它的伙伴们也目睹了这一切。它们知道，这样的结局离自己不远了。第二天，柯纳没了，它们只剩下五只了。身处这样的环境，乔也不再凶狠了。派克走路一瘸一拐，处于半昏迷半清醒状态，没法清醒到再装病了。独眼狗索莱克斯依然勤勤恳恳地拉着雪橇，还为自己力气不够而忧心忡忡。提克在那个冬天并没有跑很远的路，但由于经验不如其他的狗丰富，挨打更多。巴克尽管还走在队伍之首，但它不再强迫大家遵守纪律，也不努力强行实施严明的纪律，大多数的时候，它虚弱得目光模糊，只能沿着隐约出现在眼前的道路，凭借脚下微弱的触感，把持着方向。

美丽的春天来了，但不论是狗还是人都没有意识到这一点。

每天太阳升起的时间变早了,落下则更晚了。清晨三点,黎明就来临了,而黄昏延长到晚上九点才肯离去。这漫长的一整天都是阳光灿烂。可怕严冬里的沉寂,已变成美妙春天里生命初醒时的悄声细语。这种悄声细语正在整个大地响起,充满了生的喜悦。它们来自又一次复苏的生物,来自在漫长的寒冬岁月里几如死去、久久无声无息的东西。松树里树汁含量正在上升。柳树和白杨上冒出了嫩芽。灌木和藤蔓披上了嫩绿的春装。蟋蟀在夜间唱歌。白天,各式各样的潜行慢爬的生物都沙沙地爬到了阳光下。鹧鸪和啄木鸟在森林里敲敲打打,发出咚咚的响声。松鼠喋喋不休,小鸟儿歌唱,大雁在头顶发出响亮的鸣叫,它们从南方飞来,摆出划破长空的漂亮人字形。

每一个小山坡都传来了涓涓水流声,那是视线外的泉水的旋律。万物都在消融,都在变得柔软,变得充满活力。育空河正竭力挣脱冰霜的束缚。它从底下慢慢地解冻,太阳从上方将冰融化。气孔形成了,裂缝出现了,冰裂河开,薄冰整块地落进了河水里。而在生命复苏的这个时候,在这一切破裂、劈碎和搏动发生的时候,那两个男人和那个女人以及那一队狗,像是走向死神的徒步者,摇摇晃晃地行走在火焰般的阳光下,穿行在轻轻吹拂的微风中。

狗越发虚弱,梅塞德丝坐在雪橇上哭泣,哈尔在干巴巴地骂人,查尔斯眼巴巴地出神,他们在白河口跌跌撞撞地进入了约翰·桑顿的营地。当他们停下来的时候,狗全都倒下了,犹如被打死了一般。梅塞德丝擦干眼睛,看着约翰·桑顿。查尔斯在一根圆木上坐下来休息。他艰难地缓缓坐下,因为他已全身僵硬。哈尔开口说话了。约翰·桑顿正在削一把桦树斧柄,已经快削好了。他一边削,一边听,用一两个字作答,听到对方请教时,便简洁地表明他的建议。他了解这种人,于是他虽嘴上在建议,但心中确信他们是不会采纳的。

桑顿警告他们,不要在融化的冰上冒险。哈尔听后答道:"上面的人也告诉我们,冰道下面正在化掉,我们最好暂时停下来休息。他们说我们到不了白河,可我们来了。"最后的话里夹带着得意与嘲讽。

"他们说的是实话,"约翰·桑顿回答说,"冰道下面随时都可能碎裂。只有傻瓜,想碰运气的傻瓜,才能走过来。我坦率地告诉你,就是把阿拉斯加州所有的金子都给我,我也不会用我这把骨头在冰河上冒险。"

"我想,那是因为你不是傻瓜。"哈尔说,"不管怎么说,我们还是要继续往道森走。"他把鞭子解开。"起来,巴克!嗨!起来!继续上路!"

桑顿继续削木头。他知道,阻挡傻瓜干傻事是毫无价值的,而世界上有那么两三个傻瓜,也无伤什么大雅。

但是,狗队听到命令后并没有起身。相当长的时间以来,这个队伍都必须靠鞭打才能激发动力。鞭子来回闪动着,残酷地行使着它的使命。约翰·桑顿紧闭着嘴唇。索莱克斯是第一个爬起来的。提克随后。接着是乔,同时,它还在痛苦地呻吟。派克忍住疼痛,努力要站起来。两次都快起来了，但又倒了下去，第三次它才勉强站了起来。巴克没有起身。它静静地躺在它倒下的地方。鞭子一次又一次地打在它的身上，但它既不哭诉，也不挣扎。桑顿好几次欲开口说话，但都改变了主意。他的眼睛潮湿了，听着鞭子在不断抽打，他站起身，犹豫不决地来回走动着。

这是巴克第一次失职，这本身就足以使哈尔勃然大怒。他把鞭子换成了惯用的棍棒。棍棒像雨点一样重重地打在巴克的身上，但它还是一动也不动。它可以像伙伴们那样，勉强站起身来，但是，与它们不同的是，它已经下定决心不站起来。它朦胧感觉到，厄运即将来临。当它进入河堤的时候，这种感觉就非常强烈，而且一直驻留在它的心中。它的脚整天都站在融化的薄冰上，它好像感觉到灾难迫在眉睫，就在它主人竭力驱赶它们前往的冰上。它一动也不动。它已历尽了千辛万苦，经过了长途跋涉的磨难，因此，木棒打在身上已不觉得有多少疼痛了。木棒不停地落到它的肉体上，它体内的生命火花摇曳不定，暗淡下去。几乎快要熄灭了。它感到一种奇妙的麻木感。似乎它在很遥远的地方意识到，自己正在挨打。最后的疼痛感离它而去。虽然它还能隐隐约约听见棍棒打在自己身上的响声，但它不再有什么感觉。那不再是它的身体，它的身体似乎在遥远的地方。

正在这时，约翰·桑顿冷不防地大喊了一声，扑到了拿着棍棒的男人身上。他的喊声含糊不清，很像是动物的嚎叫。哈尔被这突然的袭击掀得人仰马翻，往后倒去，犹如被一棵倒下的树砸中了似

的。梅塞德丝尖叫起来。查尔斯眼巴巴地在一边看着，他擦了擦潮湿的眼睛，但由于身体僵硬，没能站起来。

约翰·桑顿站在巴克旁边，拼命控制自己，他气得浑身痉挛，说不出话来。

"如果你再打这条狗，我就杀了你。"他终于断断续续地开口了。

"它是我的狗，"哈尔回过神来，答道，并把血从嘴角边擦去，"你给我滚开，否则我会好好收拾你的。我要去道森。"

桑顿挡在他和巴克之间，表示他不打算走开。哈尔拔出他的长猎刀。梅塞德丝一边尖叫，一边哭，一边还在哈哈大笑，陷入了歇斯底里的混乱与疯狂。桑顿用斧柄打到了哈尔的指关节，敲得猎刀落在了地上。哈尔想捡起刀，结果指关节又挨了一记。接着桑顿弯下身子，把刀捡了起来，上前两刀把巴克的挽绳割断了。

哈尔已经没有再战的斗志。而且他的双手，不，是他的双臂，抱住了他的姐姐，腾不出空来。再说巴克也快死了，没法拉雪橇了。几分钟之后，他们离开河堤，朝河下走去。巴克听到他们离去，抬起头注视着。派克走在前面，索莱克斯在后面压阵，中间是乔和提克。它们摇摇晃晃，打着趔趄。梅塞德丝乘坐在满载的雪橇上。哈尔掌控着方向杆，查尔斯蹒跚地走在最后。

当巴克看着他们离去的时候，桑顿跪在它的身旁，用粗糙而温柔的手在它身上寻找断裂的骨头。他发现，巴克身上有许多乌青，而且它正处在极度饥饿之中，除此之外，他并没有发现断骨，而此时,雪橇早已走到了四分之一英里开外了。这一狗一人共同注视着雪橇在冰上爬行。突然,他们看到雪橇的后部坠落了下去,如陷入坑里那样,哈尔抓着的方向杆猛地翘到了半空。梅塞德丝的尖叫声传入了他们的耳朵。他们看见查尔斯转过身向后跑了一步,接着,一大片冰塌了下去,狗与人一块儿消失了。河上只剩下一个张着大口的冰洞。冰道的底部已经脱落了。

"你这个可怜的家伙。"约翰·桑顿说道,巴克舔了舔他的手。

第六章 为了一个人的爱

约翰·桑顿在去年十二月冻坏了脚,他的伙伴们安顿好他后,让他留下来休养,而他们则溯江而上,去打造前往道森的木筏了。营救巴克的时候,约翰·桑顿脚还有些瘸,但是随着天气不断转暖,他完全不瘸了。在悠长的春日里,巴克躺在河岸旁,注视着奔流的江水,懒洋洋地听着鸟儿的歌声以及大自然发出的吟唱,它的体力缓缓地恢复了。

奔波了三千英里后能休息一下,真是再好不过的事了。巴克的伤口愈合了,肌肉鼓了起来,肉又重新包裹住了骨头,它不再是瘦骨嶙峋的样子了。同时,它也变得慵懒了。不光是它,大家——巴克、约翰·桑顿,还有斯基特与尼格——都在虚度光阴,都在等待木筏来将他们运往道森。斯基特是条爱尔兰长毛猎犬,它早早地与巴克交了朋友,当时巴克还奄奄一息,无法抗拒它主动来套近乎。有些狗有疗愈的本领,斯基特就是这样的狗:就如母猫舔舐自己的猫崽儿那样,它清理了巴克的伤口。每天早晨巴克吃完早饭,斯基特就开始履行它给自己指定的职责,后来巴克就如期待桑顿的照顾那样，开始期待斯基特的服务。尼格同样很友好，尽管表露得不那么直接。它是一条大黑狗，是警犬和猎鹿犬的杂交种，一双眼睛总带着笑意，脾气非常好。

令巴克惊奇的是，这些狗并没有嫉妒它。它们一同分享着约翰·桑顿的厚道和宽容。在巴克渐渐强壮起来的时候，它们引逗它去参加各式各样的荒唐游戏，连桑顿都忍不住参加进来。巴克在游戏中恢复了健康，并开始了一种全新的生活。它第一次拥有了爱，真正热烈的爱。在阳光普照的圣克拉拉峡谷的米勒大法官家里，它没有体验过这种爱。它与法官的儿子们一同狩猎和徒步旅行，与他们建立的是一种工作伙伴关系；它陪着法官的孙儿们时，成了他们的神气十足的保护神；它与法官本人建立了一种庄严高贵的友谊。但是约翰·桑顿在它身上所唤醒的是一种强烈、炽热的爱，是带着敬慕和疯狂的爱。

这个男人拯救了它的生命，这是非同小可的事。再说，他是个理想的男主人。其他人是出于责任感与工作利益而去关心他们的狗；而他关心它们的幸福，他情不自禁地爱着狗，仿佛狗就是他自己的孩子一般。并且他远不止只是关心。他从不忘亲切地跟它们问候一声或者说上一句令人鼓励的话，他会坐下来与它们进行长时间的交谈——他把这种交谈称作"瞎扯淡"——不仅是它们，也包括他自己，都感到这样的交谈快乐无比。他常常双手使劲捧住巴克的头，把头枕在巴克的头上，来回地摇动，嘴里用各种各样的诨名叫它，但这些诨名在巴克的耳里便成了昵称。巴克知道，没有比这使劲的相拥以及低声的咒骂更快乐的事了。每一次前后来回的摇晃，巴克都觉得它的心好像都快从体内蹦出来了，它沉浸在销魂般的极大快乐之中。当放开时，它跳着站了起来，它的嘴在笑，眼睛里闪着动人的光芒，它的喉咙在颤抖，含着没有发出的声音，它就这样一动不动站在那儿。这时，约翰·桑顿就会不无敬意地感叹道："我的天啊！你几乎要开口说话了！"

巴克有一种表达爱的方法，但这种方法看上去好像要伤害人。它经常用嘴含住桑顿的手，用力咬住，以至于它的齿印会久久地留在主人的手上。正如巴克把诨名当作昵称一样，这个男人也把它的齿印看作是爱抚。

不过，在大多数情况下，巴克的爱是用敬慕来表达的。桑顿触摸它或对它讲话时，它欣喜若狂，但是它并不强求爱的赐予。斯基特就不同了，它习惯用鼻子挤到桑顿的手心下面，在那里蹭来蹭去，直到受到爱抚为止。尼格也不同，它会坐直身子，把硕大的头放在桑顿膝盖上，而巴克则满足于远远地爱慕他。它会在桑顿的脚旁一躺就是一个小时，带着渴望与清醒，仰望着桑顿的脸，端详着它，琢磨着它，饶有兴趣地追寻着那脸上掠过的每一个表情、每一个动作、每一个眉目变化。它有时也会躺在远一点的地方，在这个男人的身侧或在他的身后，注视着他的轮廓以及他身体做出的不多的动作。巴克的凝视经常会使约翰·桑顿转过头来，他一语不发地回头看着巴克，正如巴克的目光中流露着它的全部感情一样，约翰·桑顿满心的爱意也闪烁于他的目光之中。

在获救后的很长一段时间里,巴克都不希望桑顿离开它的视野。从桑顿离开帐篷的那刻起,到他重新返回帐篷,巴克都跟在他的屁股后面。自从它进入北国以来,他的主人们总是转瞬即逝,这令它产生了一种主人不会常驻的恐惧心理。它担心桑顿会像佩罗、弗朗索瓦以及苏格兰混血儿那样,从它的生活中消失。甚至在夜里,在梦中,它都在承受着这种恐惧的折磨。这时它会摆脱睡意,悄悄从寒冷中爬到帐篷旁边,站在那里,倾听男主人的鼻息声。

它对约翰·桑顿的这种热爱似乎是受到了温文尔雅的文明的影响。然而,北国的生活在它身上唤醒了原始的血统,野蛮的种子跃跃欲试,充满着活力。忠实和奉献——火和房的产物——是它的特性,可是,它也保留了它的野性和狡猾。它是荒野之子,它从荒野来到约翰·桑顿的火堆旁,坐了下来,它并不是一条身上烙着几代文明烙印的温文尔雅的南方狗。由于它对这个男人的一腔热爱,它不能从他那里偷东西,但是在别人那里,在别的帐篷里,它会毫不犹豫地行窃,而且它行动狡诈,能免遭被发现的危险。

它的脸上和身体上留下了很多狗的齿印,而它打起架来还是一如既往的凶猛,甚至更加精明狡猾。斯基特与尼格性情太温和,不会吵架——再说,它们是约翰·桑顿的狗;但是陌生的狗,无论它们是什么品种或是怎样勇敢,都迅速承认了巴克的霸权地位,或者发现自己在与一个可怕的敌人进行殊死的抗争。而巴克是毫不留情的。它已经领教了棍棒和犬牙的法则,它决不放弃任何一个机会。它早已走上了死亡之路,因此面对敌手,它决不退步。它从斯匹次的身上获得教训,从警方和拉邮橇的强大、好斗的狗那里获得教训,知道没有中庸之道可行。不是当霸主就是当奴隶,表示仁慈便是弱点。在原始的生活里不存在慈悲。慈悲会被误认为恐惧,而这样的误解注定就是死亡。要么去杀戮,要么遭杀戮;要么吞噬别人,要么被别人吞噬:这就是法则。它遵从的就是这条从远古绵延至今的法则。

它是古老的,比它经历的岁月及呼吸的空气更古老。它连接着过去与现在,永恒带着强有力的节奏在它的身体里跳动。而它随着这种节奏在发生变化,正如潮涨潮落和四季更替那样。它坐在约翰·桑顿的火堆旁,长着宽厚的胸脯、一口白色的犬牙和一身长长的皮毛。在它的身后,有各种各样的狗、似狼非狼及野狼的幽灵,它们迫不及待,蠢蠢欲动,要品尝它所吃的肉味,对它所喝的水垂涎欲滴,与它一道嗅着空气,与它一同倾听并告诉它森林里野蛮生命所发出的动静。它们支配着它的情绪,引导着它的行动,与它一同躺下睡觉,一同进入梦乡,并超乎其上,将自己化作它梦中的内容。

这些鬼怪幽灵不容分说地召唤着它,于是人类以及人类的需求一天天地离它远去。在森林深处传来了一种呼唤,它时常听到这种呼唤,这种呼唤莫名其妙地刺激着它,引诱着它,它甚至觉得自己忍不住要掉过头,离开火堆以及火堆旁久经踩踏的泥土,扑入森林,一直向前。它不清楚自己将走向何方,为什么要向前走;它也不想弄清楚，要去什么地方，为什么要去。而这呼唤在森林深处听上去那么专制和生硬。它经常走到那绵绵不断的大地及绿树荫里，但是对约翰·桑顿的爱总是再一次将它拉回到了火堆旁。

只有桑顿一个人能留住它。其余的人似乎都微不足道。偶有路过的旅行者称赞它，宠爱它，但是它都无动于衷，甚至遇到那些过分宠爱它的人时，它会站起来走得远远的。当桑顿的伙伴汉斯和皮特坐着叫人望眼欲穿的木筏到来的时候，巴克看也不看他们一眼。后来它才得知他们与桑顿是亲密朋友。知道这一层关系后，它才宽容地对待他们，接受他们的各种好意，但态度很勉强，似乎接受他们的好意是对他们的恩宠。他们与桑顿一样，都人高马大，活得脚踏实地，思维率直，明晓事理。在他们的木筏被卷入道森锯木厂附近的那个大旋涡之前，他们就理解了它及它的行为举止，因此没有强求它能像斯基特及尼格那样跟他们亲昵。

不过，巴克对桑顿的爱似乎在与日俱增。在这些人中间，只有桑顿可以在夏天的旅途中让巴克背上一个旅行包。只要桑顿开口，发出指令，就没有巴克做不到的事情。一天（他们用抵押木筏的收益做了实物担保，离开道森，往塔纳诺河的上游进发），这些男人与众狗正坐在一个悬崖顶上。悬崖高约三百英尺，下方就是光秃秃的岩石。约翰·桑顿坐在悬崖边缘，巴克与他并肩而坐。这时桑顿突发奇想，并将汉斯和皮特的注意力吸引到他的奇思怪念上来。

"跳，巴克！"他发出命令，手臂向外一划，划向深渊的上方。紧接着，他便与巴克在悬崖边上扭作一团，汉斯和皮特赶紧将他们拉回到了安全地带。

"真不可思议。"皮特说,这时惊险的一幕已经过去,大家才开口说了话。

桑顿摇了摇头。"是的,漂亮极了,但也可怕极了。你们可知道,有时我甚至很害怕。"

"以后它在你身边时,我绝对不会碰你一下。"皮特下结论道,朝巴克的方向点了一下头。

"对,就是这样!"汉斯也附和道,"我也不会。"

在这一年临近结束的时候,皮特的担心在瑟克尔城得到了验证。"黑脸"伯顿是个脾气火暴、心怀叵测的人,他在酒吧里向一个新手寻衅吵架,桑顿见了便好言劝架。巴克按它的老习惯,伏躺在一个角落里,头枕在爪上,眼睛留神着男主人的一举一动。伯顿趁桑顿不备时,突然从肩头一拳打出去。桑顿被打得转了一个向,好不容易抓住柜台的扶手,才没有倒在地上。

这时,只听一声吼叫,旁观的人耳中听到的既不是狗叫,也不是犬吠,而是一声咆哮。只见巴克向上纵身一跳,扑向伯顿的咽喉。伯顿本能地伸出手臂挡住,才保住了命,但是他被扑倒在地,巴克骑在他的身上。巴克松开咬住他手臂的牙齿,再一次去咬他的咽喉。这回,伯顿没有完全挡住,他的咽喉被撕咬开了。这时,大伙扑向巴克,将它赶开。当外科医生检查伯顿的伤势时,巴克还在那里徘徊,还在狂怒地嚎叫,试图再冲进去,结果被一排棍棒赶了回来。于是,人们当场召开了"矿工会议",裁决说巴克的发狂是合理的，因此免于惩罚。巴克就此出了名。从那天起，它的名字传遍了阿拉斯加的每一个营地。

后来，那年的秋天，它又以完全不同的方式救了约翰·桑顿的生命。当时他们三人驾着一条窄长的撑杆小船在四十里河险恶的湍流中航行。汉斯和皮特沿着河岸，挨着一棵棵的树用一根马尼拉缆绳勒住树，给船制动，桑顿留在小船上，用撑杆撑着小船向下航行，并对着岸上喊着发令。巴克在岸上与小船并肩而行，它心里在发愁，在担忧，眼睛一刻也不离开它的主人。

在一个异常险恶的河段，一块礁石突出在河中间，汉斯放出绳子，桑顿撑着小船往河流中央过去，要躲过那块礁石。汉斯手里拿着绳子一端，沿着河岸向前跑去，打算等小船绕过礁石后再勒住小船。小船确实躲过了暗礁，它在激流中疾行而下，汉斯想用绳控制住它，但动作太猛了些。小船摇摇晃晃朝岸边倾翻，船底朝了天，桑顿被摔出小船，被水流卷向湍流中最危险的地方。那地方的水流既湍急又凶猛，任何落水者都不可能活着游回来。

巴克见状立刻跳入湍流中，并在三百码远处翻滚的旋涡中追上了桑顿。当巴克感到桑顿已抓住了自己尾巴的时候，便使出全身的力气，奋力朝岸边游去。但是他们游向岸边的速度非常缓慢，顺流急下的速度却快得惊人。下面传来排山倒海的水的轰鸣声，那里的水将更加凶野，岩石像巨梳的梳齿，水流在上面被撞得水花四溅。他们位于水流急速俯冲直下的最后一段的开端，水流的吞噬力大得吓人，桑顿知道游到岸边是不可能的事。他猛地从一块岩石旁擦身而过，第二块岩石撞得他浑身疼痛，接着一股粉碎性的冲力将他朝第三块岩石撞去。他放开巴克，用双手抓紧岩石滑溜溜的顶部，并且在湍流翻滚、急水轰鸣中，大声地喊："走开，巴克！走开！"

巴克自己都控制不住地被急流往下卷去，它拼命挣扎，可就是无力返回。当它听桑顿的重复指令的时候，便将部分身子抬出水面，高高地昂起头，似乎想再最后看一眼，然后顺从地向岸边游去。它开始奋力地向前游，后来就无力继续了，在即将遭到灭顶之灾的关头，皮特和汉斯将它拖上了岸。

他们知道，在强大的水流面前，人靠抓住滑溜溜的岩石坚持不了几分钟，于是他们赶快跑回河岸，向桑顿抓住的岩石的上游跑去。他们把那根用于给船制动的绳子系在巴克的脖子与肩膀上，同时注意既不至于把它勒死，又不会阻碍它游泳，然后把它放入湍流之中。巴克勇敢地划着水，但是它没有径直朝河心游去。等它发现这个错误时，已经太迟了，这时，它与桑顿已并排而行，相隔只五六下划水的距离，而它却无望地被湍流卷了过去。

汉斯迅速勒紧绳子，好像巴克是一条小船。它身上的绳子在水流中收紧了，它被猛地拉到水下，直到身子撞到河岸，被拉出水面为止。它被淹得半死，汉斯和皮特扑到它身上，拍打着它的身体帮它排出呛进去的水，使它恢复呼吸。巴克趔趄地站起来，又倒了下去。这时他们听到了桑顿微弱的声音，他们听不清他在说什么，但他们知道他已身临绝境。主人的声音犹如电击一样，在巴克身上起到了作用。它跳起来，朝那两个男人前面的河岸跑去，来到前次跳

入湍流的地方。

它再一次绑好绳子，又出发了。这一次它再度奋力划去，但这次笔直游向河心。它已经算错了一次，第二次不会犯同样的错误。汉斯放出绳子，但又确保不让绳子松弛，同时，皮特注意不让绳子乱作一团。巴克继续向河心游去，直到自己与桑顿在前后一条直线上。然后，它转过身，快速笔直地向桑顿游过去。桑顿看见它游来了。巴克随着身后强大的水流，朝桑顿撞击过去，像古代的攻城木槌一样。桑顿伸出双臂，搂住了那个毛发凌乱的脖子。汉斯把绳子绕树系住，使劲拖动着水下的巴克和桑顿。绳子几乎把人与狗勒死，他们快要窒息了。巴克与桑顿一会儿它在上面，一会儿他翻到了上面，被从高低不平的溪底拖过，猛烈地撞击着一块块的岩石及暗礁，最后终于来到了岸边。

桑顿肚子向下趴在一段圆木上，汉斯和皮特使劲在他身上来回推动，终于他苏醒了过来。他醒来第一眼就去找巴克，这时的巴克身体软而无力，明显没了生气，尼格正在啼嚎，斯基特正在舔它那张湿乎乎的脸与紧闭的眼睛。桑顿虽然自己已伤痕累累，可是当巴克苏醒过来时，他还是从头到尾仔细地检查了它的身体，发现它断了三根肋骨。"那也好，"他宣布说，"我们就地扎营。"于是他们就扎下营来，一直等巴克的肋骨愈合，能够行走为止。

那个冬天，巴克在道森又有了一起惊人的创举，也许不是那么有英雄气概，但是足以令它在阿拉斯加的名气上升好几个级别。这个创举尤其令这三个男人感到高兴，因为这帮他们得到了所需的成套装备，能进行他们向往已久的到东部处女地的旅行，这时的东部还没有出现过矿工。这事是在埃尔多拉多酒店的一段谈话引起的，大家在那里吹嘘夸耀自己心爱的狗。巴克由于以前的英勇事迹，自然成了他们谈论的对象，桑顿不得不坚决捍卫它的声誉。吹嘘了半个小时后，有人说他的狗不仅能拖动五百磅重的雪橇，还能不费力地拉着雪橇行走；另一个男人吹牛说他的狗能拉六百磅重的雪橇；第三个人说他的狗拉得动七百磅。

"呸！呸！"约翰·桑顿说，"巴克能拉一千磅。"

"不仅能拖动雪橇，而且还能走上一百码远吗？"矿山大王马修森追问说，就是他夸下海口吹到了七百磅。

"不仅能拖动雪橇，而且能走一百码远。"约翰·桑顿镇静地说。

"那行，"马修森故意慢条斯理地说，目的是要让大家都听仔细，"我下一千美元的赌注，我赌它拉不动。喏，钱在这里。"他边说边把大香肠大小的一袋沙金砰的一声放在柜台上。

没有人开口说一句话。桑顿本想以势压人，如果这可以说是以势压人的话，但现在他自己反倒给唬住了。他只觉得一股热血在缓缓地涌向他的脸部。他的舌头已经出卖了他。他不知道巴克拖不拖得动一千磅。那可是半吨重哪！这巨大的重量把他吓慌了。他一直相信，巴克力大无比，心中经常以为它能拖得动这样的重负。但以前从没有像现在这样，要直接面对着这种可能性，十多个人一声不吭地等待着，眼睛都在盯着他。再说，他也没有一千美元，汉斯和皮特也没有。

"我现在外面就停着一辆雪橇，上面装着二十袋五十磅重的面粉，"马修森马上毫不留情地接着说道，"别说你对此感到为难了。"

桑顿没作声。他不知道说什么好。他像一个失去思考能力的人，正在寻找使他重新恢复思考能力的事物。他向一张张的脸看去。吉姆·奥布莱恩的脸进入了他的眼帘，他是个淘金大王，也是他的老朋友。这对他来说是一种暗示，好像在鼓励他去做他连做梦都没有想过的事。

"你能借给我一千吗？"他问道，声音低得几乎听不见。

"当然。"奥布莱恩答道，同时，将一只鼓鼓囊囊的袋子重重地放在了马修森的袋子旁边。"不过，我对这个畜生没有太多的信心。"

埃尔多拉多里的人都一齐拥向街头，去观看这场考验。赌桌全都空了，赌徒与店里的人都出来看这场赌博的结果，准备下注。几百个人都穿着毛皮大衣，戴着毛皮手套，围站在雪橇的两侧附近。马修森的雪橇上装着一千磅重的面粉，在那里已停留两三个小时了，天气极冷——零下六十摄氏度——滑板已与硬邦邦的雪紧紧地冻在了一起。赌巴克拖不动的赔率达到了二比一。接着，大家对"拖动"这个词模棱两可的意义争论了起来。奥布莱恩坚持说，桑顿可以将滑板先扳松，让巴克将雪橇从静止状态下"拖动"起来。马修森则认为，"拖动"一词应包括将滑板从坚硬的雪里拖松的含义。目击这起打赌的大多数人都站在马修森这方，于是，赌巴克要输的人数又增加了，形成三比一的阵势。

没有人站出来接盘。没有一个人相信巴克具有这样的能力。桑顿是匆忙中被逼打赌的，心中也是疑虑重重；而且此刻，他看着这副雪橇，还有蜷蹲在雪橇前的十条狗组成的常规狗队，他就愈加觉得巴克要完成这项任务是不可能的。马修森更加洋洋得意了。

"三比一！"他宣布道，"我再押一千元的注，桑顿，你看好吗？"

桑顿内心的疑虑明明白白地写在他的脸上，但他的斗志也被激发了起来——这种斗志超越了赌注，看不到不可能性的存在，他耳中什么都听不到，只能听到战斗的厮杀声。他把汉斯和皮特叫到身边。他们的钱袋干瘪瘪的，再加上他自己的，三个伙伴也只凑足两百美元。他们眼下手头紧，这笔钱是他们的全部资本，但是他们毫不踌躇地把这笔钱放在马修森那六百美元的旁边。

十条狗的绳套解了下来，巴克套着自己的绳套，站在了拉雪橇的位置上。它受到人群兴奋的感染，觉得必须为约翰·桑顿争光。它健硕的外表引来了一片赞叹。这时的它，外表非常漂亮，没有一丁点儿赘肉，那一百五十磅重的身躯里全都是坚忍与刚强。它的毛皮泛着绸缎般的光彩。鬃毛沿颈部往下一直到双肩半竖立在那里，也在静静地等待着，一有动静，毛发就会竖起来，似乎无限的精力使得每一根毛发都充满了生命与活力。宽阔的胸脯和粗壮的前腿与它身体的其他部分非常相配，它的肌肉在肌肤下形成了一个个坚硬的团块。人们摸了摸这些肌肉，说它们坚如钢铁，于是赌注回落到了二比一。

"天哪，伙计！天哪，伙计！"新近发了的一个人结结巴巴地说着话，他是个实力强大的后起之秀，"我拿了八百美元给它下注，先生；只要它站起来，八百美元就是你的了。"

桑顿摇摇头，走到巴克的身旁。

"你必须离它远些，"马修森抗议说，"不能帮忙，要离它远远的。"

人群中寂静无声，只能听到赌徒们的声音，他们在徒劳地下二比一的赌注。人人都承认，巴克是出色的畜生，但是二十袋五十磅重的面粉在他们眼里实在太重了，因此他们都紧紧地攥住了钱袋。

桑顿在巴克的旁边跪了下来。他双手捧住它的头，面颊贴着它的面颊。他常习惯开玩笑地摇晃它的脑袋，这次他没有这么做，也没有低声骂它的诨名，但是，他在它的耳朵里悄悄地说了几句话。"就像你爱我一样，巴克。就像你爱我一样啊。"他低声地说。巴克带着压抑与热切呜呜地叫起来。

人群好奇地观看着。事情渐渐变得神秘起来，看起来像在施魔法。桑顿要站起来了，巴克用嘴咬住他的手，用牙齿挤压着，然后很不情愿地慢慢放开。这是在回答，不是话语的回答，而是爱的回答。桑顿远远地向后退去。

"开始吧，巴克。"他说。

巴克拉紧缰绳，然后放松了几英寸。这是它掌握的办法。

"向右!"桑顿的声音在紧张的寂静中清脆而响亮。

巴克摆向右边,身体向下俯冲,将绳子松弛部分拉紧。它猛地一拉,将一百五十磅的体重全使了上去。面粉袋颤动起来,下面的滑板发出噼噼啪啪的碎裂声。

"向左!"桑顿发出了命令。

巴克重复了以上的动作,这次它晃到了左面。噼啪的响声变成了响亮的断裂声,雪橇的枢轴动了起来,滑板滑动了,向侧面滑了几英寸。雪橇动了。人们屏住呼吸,眼前发生的事让他们完全傻眼了。

"好,向前走!"

桑顿的口令像出膛的子弹,响彻云霄。巴克拼命往前压着身

105

子,拉紧了缰绳。它整个身躯在使足劲的时候缩成了一团,发亮的皮毛下肌肉像有生命的东西一样在那里滚动扭结。它那宽大的胸脯压向地面,它压低头颅,向前冲去,它的脚拼命向前舞动,爪子在紧实的雪地上抓出两排平行的印子。雪橇摇晃了,颤抖了,开始有点向前移动了。它的一只脚滑了一下,不知谁惊呼了一声。雪橇摇摇晃晃,但并没有真正停下,而是在一系列的颤抖与颠簸中向前移动……半英寸……一英寸……二英寸……颤抖明显减少了,雪橇向前的冲力增大了,巴克控制住颠簸,雪橇开始平稳地向前移动了。

人们舒了一口气,又恢复了呼吸,完全没有意识到他们刚刚屏息静气了好一阵。桑顿跟在后面跑步,用简短的话鼓励巴克。比试距离早已测量过,当巴克到达标志着百码尽头的柴火堆时,便响起了一阵欢呼声,当它经过柴火堆,在听到命令后停下时,欢呼声已响得惊天动地。所有人都在扯开衣物,甚至马修森也是如此。空中飞舞起了帽子和手套。人们在相互握手,也不管握的对象是谁,他们都激动地欢呼着,说话语无伦次、断断续续,谁也听不明白。

而桑顿这时跪了下来,跪在巴克的身旁。

他用头顶着巴克的头,来回地摇晃。那些急忙过来的人听到他在骂巴克,这次他久久地、激动地、轻声细气地、充满爱怜地咒骂着它。

"天哪,伙计!天哪,伙计!"那个实力很强的后起之秀说话时唾沫星子乱飞,"我给你一千美元买这条狗,先生,一千美元,先生——一千二百美元,先生。"

桑顿站起身来，他的眼睛里满是泪水。眼泪顺着他的面颊毫无顾忌地流了下来。"先生，"他冲着对方说，"不卖，先生。给我滚远点，先生。这就是我的回答，先生。"

巴克用牙齿拉住了桑顿的手。桑顿来回摇晃着它。旁观的人们似乎出于共同的意愿，有礼貌地一齐向后退去，退到远一些的地方，再没有轻率地去打扰他们。

第七章　呼唤在回响

巴克在五分钟的时间里为约翰·桑顿赚了一千六百美元,使得他的主人能够偿还一些债务,还能够和伙伴们一同东进,去寻找传说中的一个方位不明的金矿。这个金矿与这个国家的历史一样古老。很多人寻找过它;很少有人找到它;不少人为了寻找它,踏上了不归路。这个地点鲜为人知的金矿充满着悲剧的色彩,笼罩着神秘的面纱。没人知道谁是第一个发现它的人。最古老的传说也没法追踪到这第一人。早先的时候,那里有一座古老的摇摇欲坠的小屋。垂死的人曾握着天然金块——这些金块不同于北方大地所见的那些不同含金等级的金块——对着小屋发誓,对着小屋所代表的金矿地点发誓,他们手里紧握着的金块就是凭证。

但没有一个活着的人造访过那处小屋,而逝者已逝。因此,约翰·桑顿、皮特、汉斯带上巴克以及其他六条狗,向着东方,踏上了陌生的道路。他们要在与他们水平相差无几的人与狗失败的地方,成就一番事业。他们的雪橇沿着育空河走了七十英里,拐向左,走进斯图尔特河域,途经梅奥与麦奎斯钦,并沿着斯图尔特河继续向前,一直走到了河的尽头。这时的斯图尔特河只剩下一条小溪,他们沿着标志着美洲大陆脊梁的一座座高耸入云的山峰向前行进。

约翰·桑顿对人或自然没有过多过高的要求。他并不恐惧荒野。只要有一把盐和一杆枪,他便能投身到茫茫荒野中,遍地都可栖身,想待多久就可以待多久。他像印第安人一样,不急不忙,在白天的行进途中还同时捕猎食物;如果他没能捕猎到食物,他会像印第安人那样,继续赶路,内心并不焦虑,因为他知道迟早会捕到的。因此,在这次不同寻常的东进旅途中,肉就是他们的饭菜,雪橇上主要装载的是弹药和工具,遥遥无期的将来便是这次行程的时间安排。

对巴克来说,在陌生的地方狩猎、捕鱼、毫无目标地漫游,这些给它带来了无限的欢乐。有时,他们一连几个星期持续不停地行进;有时,他们扎营后便就地待上几个星期。狗儿们无事可做,到处游荡,男人们用火在冻结的腐殖土及沙砾层里烧出了一个个洞,淘洗了无数盘的泥沙。他们有时挨饿,有时暴饮暴食,全凭猎物是否丰富和狩猎运气的好坏。夏天来临,狗与人的背上都扛着包裹,他们坐上木筏,越过山上湛蓝的湖面,还将森林里的树木锯成窄长小船,在那些无名的河流里一会儿顺流而下,一会儿逆流而上。

光阴如梭,他们弯弯曲曲地穿行在这片地图上没有标明的广袤大地上。这是一片没有人烟的天地,但如果说"方位不明的小屋"

的传说是确有其事的话，那么，这就是一个曾有人到过的地方。他们在夏日的暴风雪中穿越一座座分水岭，浑身冷得发抖，午夜的太阳照在位于茂密的树林与终年的积雪之间光秃秃的山头上；他们在昆虫与苍蝇成群簇拥下突然进入了夏日的山谷；他们在冰川附近采摘到南方大地为之惊叹的甜美可爱的草莓和鲜花。这年秋天，他们经过了一片神秘的湖泊地区，那个地方悲凉而沉寂，曾是百鸟生活的世界，可是这时既看不到一点活气，也见不到生命的点滴踪影——只听见凉风的呼呼声、背阴处结冰的声音以及寂寞的湖滩边水波掀起的忧郁的涟漪声。

整整又一个冬天，他们踏着前人所走过的尘封小路，不断茫然地赶路。有一次，他们偶然踏上了一条林中小道，一条非常古老的小路，"方位不明的小屋"似乎近在咫尺了。但这条路始于何处，终于何处，成了一个谜团，就像谁开辟了这条路、他又为什么要开这条路是个谜一样。还有一次，他们偶然来到了一个风雨雕蚀的猎人木屋的废墟，约翰·桑顿还在腐烂的毛毯碎片中发现了一支长筒燧发枪。他知道，那是哈得孙海湾公司初期在西北时用的枪，当时这样一支枪价值不菲，它值一摞平铺起来跟枪身一样长的河狸皮。但他们所知的仅此而已，而对于那个最后离开这个林中木屋并将枪遗忘在毛毯中的人的情况，却一点线索也没有。

春天再次来到了，他们四处寻找，最后找到的并不是"方位不明的小屋"，而是一个浅冲积矿。这个冲积矿在一个开阔的山谷里，金子就像金黄色的黄油出现在淘金盘的盘底。他们不再继续寻找。他们每天都能淘到价值几千美元的纯沙金及天然金块，于是他们天天在那里淘金。金子被装进驼鹿皮的袋子里，一袋装五十磅，堆在云杉树枝搭成的小屋外，像是许多的柴火。他们像大力士那样拼命干活，日子像梦中一样一天紧接着一天过去，他们的财富也就越堆越高。

那些狗无事可做，除了偶尔在桑顿打猎时去拖拖野味之外。巴克就成天待在火旁想入非非，消磨那漫长的时光。由于没有什么事可做，它的眼前经常出现短腿毛人，它经常在火堆旁眨着眼，和短腿毛人一起，到记忆中的另外一个世界去漫游。

在另外那个世界里，恐惧似乎是显而易见的。那个短腿毛人在火旁睡觉的时候，头夹在双膝之间，双手合抱在头上，巴克注视着他，发现他睡得很不安稳，经常会在惊吓中醒来。吓醒后，他会胆战心惊地注视着黑暗处，往火里再添些木柴。当他们走过海滩，毛人在海滩上拾起贝壳就开吃，同时他的眼睛在到处张望，寻找隐藏的危险，一见危险出现，他就会闻风而逃。巴克跟随在毛人的身后，悄然无声潜行经过了森林。巴克与毛人都小心翼翼，十分警觉，他们的耳朵抽动着，鼻孔在颤抖，这个毛人的听觉与嗅觉和巴克的一样敏锐。毛人可以纵身跳到树上，在上面行动起来如同在地面上一样迅捷如飞，他的手臂一前一后地向前荡去，有时一荡就是十几英尺，放开，抓住，但从来不会坠落，也从来不会抓空。实际上，他在树上似乎与在地面上一样行动自如。巴克回忆起在树下守夜的夜晚，而毛人却在树上筑巢，紧抱着树枝睡觉。

此外，就如梦见毛人的种种情景一样，在密林深处似乎依然回响着那种呼唤。这种呼唤使巴克内心充满着骚动不安与莫名的渴望，使它产生一种朦胧的甜美愉悦。它意识到自己内心出现了一种野性的渴望与骚动，但它不知道自己渴望的是什么。有时，它追随着这种呼唤走进密林，去寻找，仿佛那是一种摸得到、看得见的东西。受到情绪的驱使，它一会儿轻声叫唤，一会儿又挑战般地大叫。它会将鼻子伸到冰凉的木头苔藓里，或者伸进杂草丛生的黑土里，当它嗅到肥沃的泥土气息时，鼻子里会发出快乐的哼唧声。有时它会静静地躲藏在长满菌类的残枝败叶后面，长达几个小时。只见它瞪大眼睛，高竖耳朵，留心着周围的动静与声响。它躲藏起来，也许是希望对它弄不明白的这种呼唤来个突然袭击。但是它不知道自己为什么会有这样稀奇古怪的举动。它这么做是迫不得已的，它根本就不知道为什么。

一阵阵无法抵抗的冲动支配着它。当它躺在营地里，在白天的温暖中懒散地打瞌睡的时候，它会突然抬起头，竖起耳，全神贯注地倾听，然后它跳起身，猛然冲出去，连续几个小时不停地向前跑，穿过一条条林中小道，越过一块块堆着黑礁块的宽阔空地。它喜欢在干涸的河道里奔跑，喜欢悄悄走近去窥视树林中的禽鸟。有时，它整天都躺在低矮的灌木中，看着鹧鸪在那里一面鼓噪一面大摇大摆地走动。但是，它特别喜欢在夏天午夜灰蒙蒙的光线下飞跑，听着森林里低缓而又带着倦意的沙沙声，它像人类读书那样浏览着树林中的各式各样的踪影与声响，寻找着那个发出呼唤的神秘东西——不论它在睡梦中还是苏醒时，那声音始终在召唤着它。

一天夜里，它在睡梦中惊恐地跳起身，双眼充满渴望，鼻孔在颤抖中嗅着寻找什么，鬃毛像波浪一样上下起伏。从森林那里传来的呼唤声（或者说是呼唤声中的一个音符，因为那种呼唤是多音符的）清晰可辨，明白无误，全然不同于从前听到的——那是一种拖着长腔的嗥叫，像是爱斯基摩犬发出的声音，但又不像。它听出来了，这是一种熟悉的古老的声音，是以前听到过的声音。它跳起来，穿过沉睡的营房，悄然而迅猛地穿过树林。当它接近叫声的时候，它放慢了速度，小心谨慎地向前迈着每一个脚步。接着，它来到了树林中的一块空地旁。当它朝空地望去时，看到了一只身子又长又瘦的大灰狼，只见它直起身子，靠后腿站立在那儿，鼻子朝着天空。

虽然巴克并没有弄出声响，可是大灰狼停止了嗥叫，在竭力探查它的存在。巴克悄悄地步入空地，身子几乎蹲在了地上，浑身缩成了一团，尾巴又直又硬，落脚时格外谨慎。它的每一个动作都夹杂着威胁和友爱的复杂心情。恐吓性地表示休战是掠夺性野兽见面时的特征。然而，一看到它，大灰狼却逃走了。它追了上去，并拼命想赶超上去。它把大灰狼逼入了一条小溪的河床，前面无路可走，一堆杂树乱木挡住了去路。大灰狼旋转过身，以后腿作为支点，动作与乔及所有被逼入绝境的爱斯基摩犬的一样。它毛发悚然，拼命叫嚣，咬紧牙齿，迅速而猛烈地狂吠着。

巴克没有进攻，只是绕着狼跑，把它包围在中间，偶尔友好地走上前。大灰狼心存疑虑与恐惧,因为巴克的体重是它的三倍,它的头勉强能够到巴克的肩膀。它找到机会又冲了出去,于是,一场追逐再度上演。然而大灰狼再度被逼入绝境,于是,之前的突围又再现了。虽然大灰狼身体状况极度糟糕,但巴克也不能轻而易举地追上它。它一直向前跑,直到巴克的头都快碰到它的侧腹部了,它便急速转身,然后瞅准机会,一有机会就逃出包围。

最后,巴克的坚持不懈终于有了回报。因为大灰狼发现对方无意伤害自己,便最终与对方嗅起了鼻子。接下来,它们便友好相处,并在紧张不安与羞羞答答中一起玩耍起来:看样子猛兽掩饰住了凶猛的本性。玩了一会儿后,大灰狼大步流星、不急不慢地跑开去,明白地表示它要到一个什么地方去。它清楚地示意巴克跟着一起去。于是,它们并行穿过阴沉沉的暮色,笔直沿小溪跑去,进入了小溪的源头,并越过小溪的发源地——一座荒凉的分水岭。

它们在分水岭另一侧顺坡而下,进入了一片平坦的土地。那里有大片的森林,溪流密布。它们在这片森林中不停地奔跑,时间一个小时接一个小时地过去了,太阳高高地升了起来,天变得暖和了。巴克欣喜若狂。当它在荒野兄弟身旁,一块儿向呼唤响起的地方跑去的时候,它知道自己最终响应了这种呼唤。它的脑海里涌现出许多古老的记忆,令它激动不安起来,正如一些过去的现实记忆隐隐约约出现时曾使它激动不安过那样。此刻,它自由自在地飞跑在广阔的天地里,脚下是未开垦的大地,头上是辽阔无边的天空。以前,在另一个它依稀记得的天地里,它曾有过这样的经历,现在

它又感受到了这一切。

它们在一条流水潺潺的河旁停下来喝水。停下来的时候,巴克想起了约翰·桑顿。它坐了下来。大灰狼向真正发出呼唤的地方进发,然后返回到它的身边,嗅着鼻子,做着各种举动,似乎在催促它。但是,巴克转过身,慢慢地开始往回走。这位荒野兄弟相伴在它身边往回跑了足足一个小时,同时轻轻地发出埋怨声。然后它坐下来,鼻子朝天,长嗥起来。这啼嗥悲伤哀婉,而巴克继续走自己的路,长嗥声渐渐地变得越来越轻,最后消失在了远方。

当巴克冲进营地时,约翰·桑顿正在吃饭,它带着狂热的爱扑到了他的身上,把他扑倒在地,在他身上乱爬,去舔他的脸,咬他的手——约翰·桑顿将这种游戏定性为"胡闹的游戏"。同时,他来回摇晃着巴克,嘴里宠爱地咒骂着它。

巴克有两天两夜没有离开营地,没有让桑顿离开自己的视野。桑顿工作的时候,它跟在他身后;桑顿吃饭的时候,它注视着他;夜晚,它看着他进被窝;早晨,看着他起床。但是,两天之后,森林里的呼唤开始变得比以往任何时候更为急迫。巴克又坐立不安了,并且它经常想起它的荒野兄弟,想起在分水岭另一边的美好天地,想起它们并肩跑过的那一片宽阔的森林。它又开始在树林里徘徊,但是那个荒野兄弟并未再次出现。虽然它在漫长的守夜中侧耳倾听,但并未再次听到那悲伤哀婉的啼嗥。

它开始晚上不回来睡觉,有时长达几天不在营地。有一次,它越过了小溪源头处的分水岭,进入了那片树木茂密、河流密布的天地。它在那里游荡了一个星期，徒劳地寻找那位荒野兄弟的新足迹，它一边行走一边狩猎野味，似乎不知疲倦地迈着轻松的大步。它在一条最终汇入大海的宽阔的河流里捕捉鲑鱼。也是在这条河边，它猎杀了一头大黑熊。当时，大黑熊也在捕鱼，可是蚊子叮得它睁不开眼睛，于是它绝望而痛苦地在森林里狂怒地乱窜。即便如此，那也是一场艰苦卓绝的搏杀。这场搏杀唤醒了巴克身上最后一丝潜伏的凶猛。两天之后，当它返回猎物所在地时，看到十多只狼獾在互相争夺它的战利品，它轻而易举地把它们轰跑了。剩下两只没来得及逃走的，再也无力争夺了。

它嗜血的本性从来没有这样强烈过。它是个杀手，是头食肉野兽，依靠自己的力量与威力，猎杀活物，无依无靠，独来独往，并耀武扬威地存活在只有强者才能存活的、充满敌意的环境里。正因为这些，它心中充满着极大的自豪感，这种自豪感像传染病一样感染着它的肌体。这种自豪感体现在它的行动中，显现于它所有的肌肉运动中，像语言一样清楚地体现在它的行为举止中，从而使它那身光彩照人的皮毛更加光彩夺目。要不是它的鼻子以及眼睛有些许的褐色，以及它胸脯中间有白色的毛发，它完全可能被错看成一头巨狼，甚至比最大品种的狼还要大。它从圣伯纳父亲那里继承了身架与体重，而牧羊犬母亲赋予了它身架与体重的外形。它的鼻子是那种长长的狼鼻子，只是比任何狼的鼻子还大；而它的头宛如一个硕大的狼头，而且很宽。

它有着狼一样的狡猾，那是野性的狡猾；它有着牧羊犬和圣伯纳犬结合的智慧；所有这一切，再加上从最凶猛的狗群中所获得的经验，使它成为在荒野中漫游的一头野兽，令人生畏。它是一头食肉动物，完全靠肉食为生，现在正处于年轻力壮的年纪——生命的顶峰——浑身散发着活力与刚强。当桑顿的手沿着它的背脊抚摸而过的时候，它的毛发便随之噼噼啪啪地竖了起来。爱的抚摸使得它的每根毛发都在散发出其被禁锢住的魅力。它的大脑与躯体，神经组织与肌肉，总之，它身上的每一个部位都达到了极致；而在所有这些部位之间存在着一种完美的平衡或协调。对于需要采取行动的眼见之物、耳听之声以及各种重要事件，它都能以迅雷不及掩耳的速度做出反应。它跳起来防卫或反击的迅猛速度如爱斯基摩犬，甚至比爱斯基摩犬还要迅猛一倍。从它看到动作，听到声响，到做出反应，总共所需的反应时间比别的狗仅仅看到、听到所花的时间还要少。它在同一个瞬间完成了感知、决断、反应。从实际情况看，感知、决断、反应，这三者是先后发生的行为，但由于它们之间的时间相隔无穷之短，因此看起来就像是同时发生的一样。它的肌肉流溢着生命，像钢丝弹簧富有弹性。生命力像涌泉一般，欢快而热烈地流遍它的全身，最后似乎要在狂喜中冲破它的身体，漫溢到整个世界。

"从没见过这样的狗。"有一天，约翰·桑顿这么说。当时，他的伙计们都在注视着巴克神气活现地走出营地。

"上帝造就它以后，就把铸造它的模子给毁了。"皮特说。

"没错！我也这么觉得。"汉斯肯定地说。

他们虽然看见它精神抖擞地离开营地，但是却没有看到它一进入密林深处身上顿时发生的巨大改变。它不再是昂首阔步地行走，而是顿时变成了一只荒野中的野兽，迈着猫步，悄悄地向前潜行，出没在各种阴影中，成了一个流动的影子。它知道如何利用各种隐蔽物，如何像蛇一样肚皮贴地向前爬，或者像蛇一样纵身跳起来袭击。它能逮住巢穴中的雷鸟，杀死熟睡的兔子，从半空中猛地叼住正在逃跑的小金花鼠。小金花鼠原本想逃到树上去，但却迟了一步。对巴克来说，没有冰冻的池塘里的鱼游得不算快，会修筑大坝的河狸也不算很机敏。它为了猎食而杀戮，而不是嗜血成性。不过，它也挺愿意吃自己亲手捕杀的食物。因此，它的行为中隐藏着一种乐趣。它喜欢偷偷靠近松鼠，在几乎可以抓住它们的时候，却把它们放跑，看着吓得半死的松鼠叽叽喳喳逃到了树顶上。

秋天来到的时候，出现了大批的驼鹿，它们慢慢地走向峡谷的低处，迎接冬天的到来，那里的冬天不是非常寒冷。巴克虽然早已猎到一头离群的半成年的小牛，但它强烈渴望能猎获到体形更大且更强的猎物。有一天，它在小溪源头的分水岭处碰巧撞见了机会。一个由二十头驼鹿组成的鹿群从河流密布、森林茂密的地方走来，领头的是一头公驼鹿。它看上去脾气暴躁，站立时身高有六英尺多。这正是巴克翘首以待的一个令人生畏的对手。这头巨大驼鹿的头上长着巨大的鹿角，上面有十四个枝杈，包括枝杈在内的鹿角总宽达七英尺。它来回摇晃着枝杈满布的鹿角，小眼睛里闪着险恶与仇恨的目光。一看到巴克，它立即发出一阵狂吼。

公驼鹿身体一侧的腹部位置露出了一支带着羽毛的箭尾。这正是它脾气暴躁的原因。凭借着原始世界里远古狩猎时期流传下来的本能，巴克开始试图将这头公驼鹿赶出驼鹿群。这可不是一件轻松的事。它在公驼鹿前吠叫、徘徊，并且注意不让那些大鹿角戳着自己，也不让驼鹿的乱蹄踩到，要是被踩上一脚，它就没命了。公驼鹿既不能无视犬牙的危险，又不能继续赶路，被逼得一阵阵地发怒。发怒时，它向巴克冲过去，而巴克却巧妙地退却，假装无法逃脱，以继续引诱公驼鹿走近。但是，当巴克企图用这种办法将公驼鹿和它的伙伴分开的时候，两三头年轻的公驼鹿就会掉过头冲向巴克，使得受伤的公驼鹿重新返回驼鹿群中。

荒野世界自有它的坚忍不拔——它顽强、不知疲倦、像生命本身那样有耐力。蜘蛛长久地静静地待在蜘蛛网上，蛇盘绕着，黑豹埋伏着，生物在猎取鲜活食物时就极富这种耐力，而此时这种耐力在巴克身上得到了体现，它死死守在这群驼鹿侧面，阻碍了它们的前进，这激怒了年轻力壮的公驼鹿，使母驼鹿为它们半大的幼崽担心，而那头受伤的公驼鹿更是气得发疯，却又无可奈何。这样整整持续了大半天。巴克加大逼近力度，从四面八方开始进攻，将这群驼鹿包围在一股带着威胁的旋风之中，它的猎物刚一回群，巴克就又将它与鹿群分离开来。它在消磨猎物的耐力，而猎物的耐力往往不及猎手。

漫长的白天过去了，太阳在西北方向沉没了（黑暗回来了，秋天的夜晚持续六小时之久），年轻的驼鹿折回去援助被包围的领头驼鹿，但它们的脚步变得越来越勉强。正在袭来的冬天催促着它们不停地往低处赶路，可是它们好像永远也无法摆脱这头拖延它们进程的不知疲倦的畜生。而且，受到威胁的不是整个驼鹿群的生命，也不是年轻公驼鹿的生命。对手要索取的只是一头驼鹿的生命，这无法与它们所有成员的生命相提并论，于是，它们最后便心甘情愿地交了这笔通行费。

暮色降临时，老公驼鹿站在那儿，注视着它的伙伴们：那些它熟悉的母驼鹿，那些它生养的小驼鹿，那些它驯服的公驼鹿。而它们跟跄着穿越逐渐暗淡的光线，飞速向前。老驼鹿低下了头。它无法同行，因为没有等它准备动身，冷酷无情的犬牙便威胁着不放它走。它重逾半吨，在它漫长而强悍的一生中经历了无数战斗与厮杀，最后却将在一只高不过自己膝盖的畜生嘴里断送生命。

从那一刻起，巴克便日夜不离它的猎物，决不给对方片刻的喘息之机，决不允许它去吃树叶或者小桦树和小柳树上的嫩枝。同时，在路过那些淌着涓涓细流的小溪时，它也不让这头受伤的公驼鹿喝水，以缓解它强烈的饥渴。公驼鹿经常在绝望中突然飞跑很长一段距离。这时，巴克并不打算制止它，而是跟在它后面轻松地慢跑，心中对这样的游戏感到十分满足。当驼鹿静静地站着时，它就躺倒；当驼鹿想吃喝的时候，它便发起猛烈的进攻。

长着鹿角枝杈的那个硕大的头颅垂得越来越低，蹒跚的步履变得越来越无力。公驼鹿开始长时间地站立，鼻子垂向地面，耳朵无力耷拉着。而巴克则有了更多时间去喝水、休息。巴克伸着懒洋洋的红舌头，喘着粗气，紧紧盯着公驼鹿。在这样的时刻，它似乎觉得事物的面貌正在发生变化。它感到眼前大地上出现了一种新的骚动。随着驼鹿进入这片大地，其他的生物也进入了。森林，溪流，空气，似乎因为它们的到来而颤抖了起来。它并不是靠眼睛来看，或者用耳朵来听，或者是鼻子来嗅，才获得这个信息的，而是通过某种别的更为微妙的感觉。它什么也没有听到，什么也没有看到，但是它却知道这片大地变了模样。它知道，正因为这种变化，奇异的事情正在酝酿之中，即将发生。于是，它决定在结束手头的这件事后，要去探个究竟。

在第四天临近结束的时候，它终于把这头公驼鹿拖垮了。它在猎物旁待了一天一夜，不是吃就是睡，不是睡就是吃，轮番着进行。后来，它休息够了，振作了精神，恢复了体力，便转身朝着营地和约翰·桑顿而去。它大步流星地不停地往回赶路，一连几个小时，虽然道路错综复杂，可它从未迷失方向。它径直穿过陌生的大地，一直向前往家赶，其辨别方位的精确性会令人类以及他们的指南针无地自容。

当它不断向前奔跑的时候，它越发意识到，在这片大地上出现了一种新的骚动。那是一种完全不同的生命，与整个夏天在那里的生命不一样。这一事实不再是以一种微妙、神秘的方式向它传达。群鸟在谈论它，松鼠在喋喋不休地聊着它，微风在低声悄语中议论它。它好几次停下脚步，使劲大口吸入早晨的清新空气，从中获得的信息更促使它加速向前飞跑。一种大祸临头的感觉压得它喘不过气，但愿这不是已经发生的灾难。它越过最后一个分水岭，朝下面的山谷飞奔直下，朝着营地前行，而它的行动变得更加谨慎小心。

走了三英里后，巴克突然看到了一条新的足迹，这使得它脖子上的毛发立刻竖立了起来。这条足迹一直通向营地，通到约翰·桑顿的身边。巴克加快了脚步，迅速又悄然无声地向前行进，每一根神经都绷得紧紧的。它警觉地发现，无数的蛛丝马迹都在讲述一个相同的结局：末日近在眼前。它的嗅觉对它正在追踪的生命给出了不同的描述。它注意到了森林里那种无边的沉寂。禽鸟已经飞走。松鼠躲藏了起来。它只看到了一个柔滑的灰色家伙紧贴着一根灰色的死枝，看上去似乎成了死枝的一部分，就像是树木本身的一个树瘤。

当巴克尾随着一个模糊的影子悄悄向前的时候，它的鼻子突然转向了一侧，犹如有一股强大的力量攥住并牵引着它。它循着刚发现的气味，深入树丛中，发现了尼格。尼格侧身躺着，死了，它是自己拖着受伤的身子到达了这个地方的，一支箭洞穿了它的身体，箭头与带羽毛的箭尾在它身体两侧伸出来。

再往前一百码，巴克看到了桑顿在道森买来的一条雪橇狗。这条狗还在垂死挣扎，它躺在小路中央，身子剧烈地抽搐着。巴克从它身旁绕过去，没有停留。营地里隐隐约约传来许多人的声音，仿佛是歌唱的腔调，一会儿升调，一会儿降调。巴克匍匐潜行，来到了空地的边缘，在那里发现了汉斯，他趴在地上，身上插满了箭，看上去像是一头豪猪。这时，巴克朝原来用云杉树枝搭起的木屋所在的位置看去，眼前的一切使它脖子上的毛发顿时倒竖了起来。一股压倒一切的怒火占据了它的全身。它没有意识到自己在嗥叫，但是它的嗥叫响得吓人，凶猛异常。这是它一生中最后一次让激情压倒了机智与理性，是它对约翰·桑顿的深切的热爱使它失去了理性。

当伊哈特人正在云杉树枝搭成的木屋废墟周围手舞足蹈的时候，他们突然听到一声令人丧魂落魄的嗥叫。只见一只他们以前从未见过的动物朝他们扑了上来。那就是巴克，这时的它成了一股愤怒的飓风，带着摧毁一切的狂暴，扑到他们身上。它扑向最前面的那个人——那是伊哈特人的首领——撕开他的喉管，他的脖子霎时喷出了一股血泉。它没有继续撕咬这个受害者，而是接着去撕咬其他人。它再次跳起身，一口撕裂了第二个人的喉管。这时的它势不可挡。它跳入人群中，撕咬着，摧毁着，动作没有片刻的停留，迅猛，快捷，他们放出的箭都无法射中他。事实上，它的动作快得让人难以想象。与此同时，那些印第安人紧紧聚在一起，导致箭都射向了自己人——一个年轻的猎人从空中向巴克投来一支矛，结果却刺中了另一个猎人的胸口，由于用力很猛，矛头甚至穿透了那个猎人的背部。于是，所有的伊哈特人都惊慌失措起来。陷入惊恐的他们向树林里逃窜。他们一边逃跑，一边狂喊魔鬼来了。

而巴克确确实实成了魔鬼的化身。它怒火冲天地追赶着他们，当他们拼命穿过树林逃命的时候，它将他们像鹿一样拖倒在地。这是伊哈特人噩梦般的一天。他们四处逃窜，散落在各处，直到一个

星期后,最后的幸存者们才聚集到了一片低地,清点损失情况。至于巴克,它追厌了以后,便回到一片死寂的营地。在那里,它找到了毛毯里的皮特。看来他是在受袭击的一开始就遇害了。泥地上还残留着桑顿绝望挣扎的痕迹,巴克沿着痕迹一路嗅过去,来到了一个深水塘的边缘。斯基特躺在水塘边上,头和前蹄泡在水中,它的忠诚一直延续到生命的最后时刻。水塘被流矿槽弄得浑浊变色,并将水底的东西全都隐藏了起来,包括约翰·桑顿。巴克循着他的行

踪一路过来,而他的行踪到水边消失了,却没有离开水塘的痕迹。

整整一天的时间里,巴克不是默默地待在水塘边,就是在营地里不停地走动。它知道,死亡是运动的一种终止,是一种生命形态的逝去与消亡。它明白,约翰·桑顿死了。桑顿的死亡给它留下了一种巨大的空虚,这种空虚有点类似于饥饿,但是这是一种使它疼痛不止的空虚，是一种食物无法填补的空虚。有时，当它停下来凝视伊哈特人的尸体的时候，它忘记了死亡所带来的痛苦，并且在这样的时刻，它意识到自己内心无比骄傲——超越它以往所体验过的骄傲。它杀了人，那是所有生物中最高贵的一种，而且它是面对着棍棒与犬牙法则杀死了人。它好奇地嗅着人的尸体。他们居然如此轻而易举地死了。杀死一头爱斯基摩犬甚至要比杀人更费力。要不是他们有弓箭、长矛、棍棒，他们根本就不是它的对手。从今以后，它不会再害怕他们，只要他们手中没有弓箭、长矛及棍棒。

夜幕降临了，一轮满月高高升上天空，挂在树梢上，照亮了整个大地，直到它最后重又浸没在苍白的日光里。夜幕降临，当巴克在水塘边忧思伤神的时候，它敏锐地感觉到森林里有一种新生命的骚动，那不是伊哈特人发出的骚动。它站起身，倾听着，嗅闻着。从远处慢慢飘来微弱而尖细的吠叫声，伴随着一阵同样尖细的吠叫声。过了好一会儿，吠叫声渐渐变得近了，变得响了。巴克再一次明白了，那是它在另外一个世界里所听到的生物叫声，因为那个世界始终萦绕在它的心里。它走到开阔的空地中央，倾听起来。正是这种呼唤，这种有着众多音调的呼唤，此时比以往任何时候都更具诱惑力和吸引力。而与以往不同的是，它现在乐意听从它的召唤。约翰·桑顿死了。最后的纽带断了。人以及人的需求对它不再有约束力。

狼群像伊哈特人猎取活物一样，跟在迁移的驼鹿群两侧猎食。它们终于越过溪流和树林，侵入了巴克的峡谷。它们像银白色的洪水一般，涌入洒满月光的空地；而巴克站立在空地的中央，静止得像一尊雕像，它在等待它们的到来。看着它一动不动、身形高大的样子，它们被震慑住了。于是，它们停了片刻，直到其中一只最大胆的径直地朝巴克扑了上去。巴克如闪电一般发动袭击，咬断了对方的脖子。然后，它像先前一样，一动不动地站着，遭殃的那只狼在它身后痛苦地翻滚。另外三只狼一只紧接着一只地攻击它，然后，又一只接着一只地败下阵去，被撕裂的喉咙及肩膀都是鲜血直流。

这一切足以刺激整个群狼蜂拥而上。它们乱哄哄地冲上来，都急于捕获猎物，结果挤作一团，相互挡着道。巴克令人惊叹的速度和敏捷使它占了优势。它依靠后腿作为转动的支点，同时四面出击，又咬又撕。它转动着身子，左右防护，动作迅捷，独力形成了一道牢不可破的阵线。但是为了防止它们从它身后袭击，它不得不一路后退，经过水塘，进入小溪溪床，一直退到背靠高高的沙砾河岸为止。它沿路来到河岸呈直角的地段，那是人们在采矿过程中筑成的，于是，它把这个直角地段当作安全港湾，能防范身后与左右这三个方向的进攻，它只需正面迎击就行了。

它得心应手地投入战斗，半个小时后，群狼只得空手而退。它们的舌头伸在外面耷拉着，白色的尖牙在月光下闪着残忍的白光。有的躺了下来，但头高高地抬起，耳朵向前竖起；有的站在那里，注视着它；还有的在从水塘里舔水喝。其中有一只灰色的狼，身子瘦长，小心谨慎地向前走来，态度很友善。巴克随即认出了它，这就是曾经和自己一起跑了一天一夜的那个荒野兄弟。它发出轻轻的呜咽声,巴克也呜咽起来,它们相互碰了碰鼻子。

这时,一头老狼走上前来,它形容憔悴,身上满是战斗的伤痕。巴克扭动嘴唇,像是要开始嗥叫,但却与它相互嗅了嗅鼻子。然后,老狼蹲坐下来,鼻子朝着月亮,发出一声长长的狼嗥。其余的狼也都蹲坐下来,嗥叫起来。此刻,这呼唤以明白无误的音符传入了巴克的耳中。它也蹲了下来,开始嗥叫。嗥叫结束后,巴克走出它的直角港湾,群狼拥到它的周围,半带着友爱,半带着野蛮,嗅着它。领头狼一边带头嗥叫,一边纵身窜入树林之中。群狼一齐嗥叫着,迅速跟在后面。巴克也随着它们一同跑去,与它的荒野兄弟肩并肩地边跑边叫。

叙述到此，巴克的故事可以结束了。没过多少年，伊哈特人注意到森林里的大灰狼种群发生了变化。因为他们看见有些大灰狼的头部和鼻子上有棕褐斑点，胸部中间有一长条白毛。但比这更奇特的是，伊哈特人中流传着这样的传说，说这群大灰狼的头领是一条幽灵狗。他们害怕这条幽灵狗，因为它比他们还要机敏。在寒冷的冬天，它从他们的营房里偷东西，抢劫他们陷阱里的猎物，杀死他们的狗，还公然挑战他们最勇敢的猎手。

不仅如此，还有更可怕的传说。当同部落的人找到那些没能回到营地的猎人时，发现他们的喉咙被残酷地撕裂了，他们身体四周雪地里的狼脚印比任何狼的脚印都要大。每年秋天，当伊哈特人跟踪驼鹿的行踪时，有一个峡谷是他们永远不敢进去的。女人们围坐在火堆旁说起恶魔选择了那个峡谷作为永久居住地时，都非常悲伤。

每年夏日，峡谷里都会出现一个来客，伊哈特人并不认识它。那是一头巨大的皮毛华美的狼，可以说与其他的狼很相像，但又不像。它独自从美丽的树林中走来，走进林中的一块空地。在这里，一条黄色的水流从腐烂的驼鹿皮袋子里流出，渗入地里，上面长出了高高的青草，腐烂的植物覆盖其上，将这黄色遮得不见阳光。它在这里沉思默想一会儿，充满忧伤地长久地嗥叫了一声，然后便离开了。

但是，它并不总是独来独往。当漫长的冬夜来临时，狼群跟随着它们的猎物进入了低谷，人们也许会看见它跑在狼群前头，在苍白的月光和微弱的北极光里奔驰。它纵身一跳，远远超出它的伙伴。它那巨大的咽喉发出咆哮，高声唱出了一首关于这个年轻世界的歌，那就是狼群之歌。

THE CALL OF THE WILD
by Jack London

Illustrations and cover © 2004 Victor Ambrus
Published by arrangement with Editorial Vicens Vives S.A.,
Av. De Sarriá, n°130, E-08017 Barcelona, Spain.
All rights reserved. No part of this book may be produced, transmitted, broadcast or stored in an information retrieval system in any form or by any means, graphic, electronic or mechanical, including photocopying, taping and recording, without prior written permission from the publisher.

著作权合同图字：18-2021-034